MES SA LI NA

ALFRED JARRY

MESSALINA

ROMANCE DA ROMA ANTIGA

Apresentação e tradução
Letícia Coura

à deriva...

ILUMINURAS

Coleção
à deriva...
Dirigida por Samuel Leon

Título original
Messaline

Capa e projeto gráfico
Eder Cardoso/ Iluminuras
sobre desenho *Le Mannequin,* de Félicien Rops. Paris, cerca de 1889.

Página 12
Claudius e Messalina em uma carruagem. Sardônica. Roma, meados do século I.
Moldura feita por Josias Belle no século XVII. Coleção de Louis XIV. Paris, Biblioteca Nacional.

Colofon
Ilustração usada nas Èditions de la Revue Blanche. Paris,1900.

Preparação de texto
Jane Pessoa

Revisão
Monika Vibeskaia

Este livro segue as novas regras do Acordo Ortográfico da Língua Portuguesa.

CIP-BRASIL. CATALOGAÇÃO NA PUBLICAÇÃO
SINDICATO NACIONAL DOS EDITORES DE LIVROS, RJ
J43m

Jarry, Alfred, 1873-1907
Messalina : romance da Roma antiga / Alfred Jarry ; [tradução Letícia Coura]. - 1. ed. - São Paulo : Iluminuras, 2020.
128 p. ; 21 cm.

Tradução de: Messaline
ISBN 978-85-7321-602-8

1. Ficção francesa. I. Coura, Letícia. II. Título.

19-54882 CDD: 843
CDU: 82-3(44)

2020
EDITORA ILUMINURAS LTDA.
Rua Inácio Pereira da Rocha, 389 - 05432-011 - São Paulo - SP - Brasil
Tel./Fax: 55 11 3031-6161
iluminuras@iluminuras.com.br
www.iluminuras.com.br

SUMÁRIO

PREFÁCIO

Letícia Coura

Para penetrar um poeta, poetas. Começando com Roberto Piva, "não há poeta experimental sem vida experimental".

Alfred Jarry, que para dormir recomendava "uma mistura de vinagre e absinto em iguais quantidades num copão, e uma gota de tinta de escrever", praticante apaixonado de tiro, esgrima e ciclismo, viveu entre Paris e o campo na virada dos séculos XIX e XX, e morava, segundo Apollinaire, no terceiro andar e meio da rua Cassette n. 7 — mas parece que era no segundo e meio se ouvirmos outras fontes. Frequentava as terças-feiras de Mallarmé, as quintas de Rachilde, as noitadas no Café de la Plume em Saint-Michel, usava sua bicicleta para as ruas e estradas, e para o Sena seu barco.

Simbolista, surrealista antes do surrealismo, surrealista no absinto segundo André Breton em seu Manifesto de 1924, Jarry, absurdo no teatro antes do Teatro do Absurdo, autor de Ubu Rei, ou ele mesmo o próprio Ubu, criador da Patafísica — "ciência das soluções imaginárias e das leis que regulam as exceções" —, em sua estadia por aqui, de 1873 a 1907, alimentava-se pouco, dos peixes que ele mesmo pescava, de costeletas de carneiro cruas e pepinos em conserva, o que, combinado a hábitos radicais, entre eles o de beber absinto, éter e álcool puro em grandes doses, deve ter contribuído para sua morte prematura aos 34 anos, de uma meningite tuberculosa.

Personagem de si mesmo, que gostava de ler em voz alta seus textos, com uma peculiar "elocução insólita, implacável, sem inflexões nem matizes, com uma acentuação igual em todas as sílabas, incluindo as mudas", segundo descrição de André Gide, ou "de voz precisa, grave, rápida e por vezes enfática", de acordo com Apollinaire, Jarry mesmo define sua escrita nos Minutes de sable mémorial*: "Sugerir no lugar de dizer, fazer na estrada das frases um cruzamento de todas as palavras", "um poliedro de ideias", e afirma que "todos os sentidos que o leitor ali encontrar estão previstos, e nunca ele encontrará todos; e o autor pode indicá-los ao leitor, cabra-cega cerebral, inesperados, posteriores e contraditórios".*

Tema de inúmeras teses acadêmicas e biografias, Jarry, versado em grego e latim, que escreveu teatro e sobre teatro, poesia, romances, fez traduções, colaborou em diversas revistas, criou sua própria, dirigiu seus textos no teatro, dublou marionetes, e por aí vai longe..., continua inspirando e sendo descoberto e redescoberto por artistas de hoje de diversas linguagens.

Messalina*, segundo romance de uma trilogia amor e morte, publicado originariamente em partes pela revista* Revue Blanche *em 1900, tem uma descrição certeira na crítica de Michel Arnaud para a mesma revista quando de seu lançamento em livro no ano seguinte,num momento em que estavam em moda na França os romances de época,* c'est-à-dire *da época clássica:*

> *Todos os leitores de* Quo Vadis *deverão ler* Messalina *e conhecer, depois da Roma a céu aberto de Nero e de Sienkiewicz, uma Roma mais secreta e quase subterrânea, a de Cláudio e de M. Jarry: aqui, não mais retórica, circo*

ensanguentado, não mais banquetes sonoros, gladiadores, não mais cristãos; mas a espelunca esfumaçada de Suburra, o mistério dos jardins abandonados, a dança de um mímico sob o vermelho de um eclipse, e, em todos os lugares, o culto dedicado pela Vênus-Imperatriz ao deus que a penetra e se desnuda sempre...

Ainda segundo Arnaud, "o tema trouxe felicidade a M. Jarry: pois ele pode desenvolver as qualidades que nós já experimentamos, erudição bizarra, complicação de frases em arabesco, truculência rabelaisiana e brutalidade direta; mas tudo isso, sustentado, disciplinado por Roma, levou a efeitos mais intensos e mais francos".

"Um livro simbolista tanto no sentido da história da literatura quanto no sentido de um simbolismo psicológico profundo, enriquecido por elementos da mitologia pessoal do autor", como definiu tempos depois Riewert Ehrich para a revista L'Étoile-Absinthe *da Sociedade dos amigos de Alfred Jarry.*

Sintomático que da trilogia O amor absoluto *(1899),* Messalina *(1901) e o* Supermacho *(1902), só esta* Messalina *não tinha sido ainda traduzida e publicada no Brasil? Este livro vem então suprir essa falha.*

Traduzir Alfred Jarry é beber sozinha uma garrafa de absinto pra andar na corda bamba em cima do Sena ou do Tibre, com aquele medo de deixar pingar uma gota de água no absinto e turvar tudo, como ele mesmo diz; é ativar todas as partes do corpo, principalmente a imaginação, se sentir livre pra inventar também, inspirada pelo caleidoscópio de palavras, frases e sentidos, e ao mesmo tempo perseguir sempre a precisão e a delicadeza de saber pisar em múrrinos sem quebrar nada, ouvindo consciente pequenos e grandes estalidos. Depois desta Messalina *somos já amigos tão íntimos, dos que brigam muito, e que por isso mesmo não se sentem sozinhos no mundo. Que bom que a Patafísica acabou com a linearidade do tempo, um de seus principais objetivos. Segui conselhos que recomendo ao leitor: respire sempre, antes, no meio das frases, depois, e antes de começar a próxima, leia em voz alta, abuse de sua própria imaginação e ritmo, a partir dos roteiros roteiros roteiros roteiros roteiros roteiros roteiros roteiros indicados por Jarry, com a alegria dos que não sabem e descobrem; e mais outro, informe-se!, com os devidos agradecimentos a Oswald de Andrade e Hilda Hilst.*

E agora chega que Jarry fala por si. Merdra!!!

MESSALINA

ROMANCE DA ROMA ANTIGA

PRIMEIRA PARTE

O PRÍAPO DO JARDIM REAL

I

A CASA DA FELICIDADE

Tamen ultima cellam
Clausit, adhuc ardens rigidae tentigine vulva,
[*Et lassata viris nec dum satiata recessit.*]
D. Jun. Iuvenalis, *Sat.* VI.

Naquela noite, como em muitas noites, ela desceu de seu palácio do Palatino em busca da Felicidade.

Será realmente a imperatriz Messalina que acaba de subtrair seu corpo ágil à glória de sedas e pérolas do leito de Cláudio César, e vagueia agora pela rua obscena de Suburra, com passos de loba?

Seria menos inaudito se fosse a própria Loba de bronze, a baixa e alongada estátua etrusca de pescoço torso, antepassada da Cidade, guardiã da Cidade, aos pés do Palatino, em frente à figueira ruminal onde abordaram Rômulo e Remo, que houvesse sacudido de sua teta insensível o lábio roliço dos gêmeos reais, como se renuncia a uma coroa de ouro, e que, depois de um pulo do alto de seu pedestal, escolhesse um caminho para suas garras, barulhentas como a cauda de um vestido sobrecarregado de enfeites, entre os montes de lixo do subúrbio.

Essa forma que erra com um farfalhar de cauda ou de garras é alguma coisa como um bicho em caça, mas sem a companhia do cheiro abominável da loba.

Alguma vez já se sentiu o cio de uma estátua?

Acontece que é um monstro mais infame e mais insaciado e mais bonito do que a fêmea de metal, que retorna ao seu covil: a única mulher que encarna absolutamente a palavra que, muito antes da Cidade fundada, desde a primeira palavra latina, joga-se na cara das prostitutas num escarro ou num beijo: *Lupa*, e essa abstração viva é um prodígio pior do que a alma subitamente infusa em uma efígie sobre um pedestal.

O mais velho mito do Lácio renasce nessa carne de vinte e três anos: a Loba, ama dos gêmeos, é apenas uma imagem de Aca Laurência, deusa telúrica, mãe dos Lares, a Terra que dá à luz a vida, esposa de Pã, que é adorado sob a forma de um lobo, a prostituição que povoou Roma.

Sobre as moedas anteriores à loba, encontramos uma marca mais pura: os *quadrans* do século V trazem uma porca.

Mas é sempre essa Loba, que fundou a Cidade, que reina sobre a Cidade.

E eis Messalina que avança em direção à porta, onde mais que em seu palácio do Palatino ela se sabe imperatriz, do lupanar, casa da Felicidade.

A Felicidade encontra-se, diz-se, em uma das mais baixas zonas de Suburra, esmagada no rés do chão de seis andares como uma parte vergonhosa se esconde sob a massa de um corpo. Há baldes de excrementos em frente à entrada, e à direita e à esquerda vão se trincando a casa do salsicheiro e a do carrasco.

A loja — porque é uma loja — só se distingue das vizinhas pela placa: na janela do carrasco seca um chicote sangrante; o salsicheiro, sobre suas venezianas fechadas, mandou pintar um dragão, espantalho de crianças mijonas e de mendigos dependentes de salsichas.

Entre essas curvas flutuantes, do chicote que importuna a fuga da brisa noturna, e das ondulações coloridas da serpente, alguma coisa como um mastro, que parece mais reto por esses contrastes inconsistentes, mas afirma-se um pouco mais grosso que um mastro, como se uma bandeira estivesse enrolada ali, eleva-se acima da porta da Felicidade.

Aos olhos de um passante de hoje, a fachada apresentaria o aspecto, sem mais, de um quartel provinciano, quando não é domingo.

Mas a Coisa é mais monstruosa e insólita e atraente do que uma bandeira, porque ela significa alguma coisa.

A Felicidade, que mora lá, como uma inscrição em letras vermelhas especifica, preenche então toda a sua moradia, a ponto de sua exuberância transbordar e a ser essa saliência acima da porta?

O emblema animal e divino, o grande Falo em pau de figueira está pregado sobre o batente da porta, como um pássaro da noite em um celeiro ou um deus no frontão de um templo. Suas asas são duas lanternas de bexiga amarela. Sua cabeça é pintada de vermelhão como a própria face de Júpiter Capitolino.

Acima, legível na claridade das lanternas, a bandeirola da insígnia de pano sucumbiria ao vento se o deus duro não a colocasse entre ele e a parede que é seu ventre.

Diante do *animal* pendurado, a depravada Augusta, da carne dos imperadores divinos, disfarçada com um casaco bem amplo de púrpura escura, em que cada dobra é uma calha de trevas, no negro de seu capuz onde sua peruca loura (Messalina é morena) acende uma estrela, mais deusa que a Laurência, tem o ar da própria Noite, evocada do céu ao chamado sibilante de seu mocho que agoniza.

Ora, é apenas uma mulher que percebeu que seu marido acaba de adormecer.

Cláudio César caiu no sono por obra de Vênus, mas...

Por acaso é permitido ao marido de Messalina dormir em algum momento?

É-se esposo de Messalina durante o momento do amor, e depois ainda e sempre com a condição de que se possa viver uma ininterrupção de momentos de amor.

Seu único marido é aquele que não dorme, e Messalina veio, com o figurino fulvo das cortesãs, calçada com suas botinas escarlates, como ela pisasse, no vau sangrento, o vigor esgotado de Cláudio, na direção daquele que não dorme, o bicho-deus, o Homem sempre de pé à direita e à esquerda por quem velam as duas lanternas.

Ela tem apenas uma acompanhante, a prostituta profissional e insigne que, numa competição de amor prolongada por um dia e uma noite, ultrapassou-a por um dígito, secando o vigésimo quinto macho.

A imperatriz julgou fazer uma bastante humilde homenagem de gladiador vencido, outorgando àquela que a vencera carregar sua capa a título de escrava.

Elas penetram a porta baixa do lupanar, quente como uma vulva.

Dentro, é a obscura oscilação de lâmpadas que soltam fumaça.

Orla estrita de um corredor, ao longo das duas paredes, celas estão fechadas, habitadas.

A Felicidade de que a casa está cheia, a se acreditar no letreiro exterior, debita-se, se as inscrições que etiquetam as celas não mentirem, em cada um desses compartimentos por pequenas parcelas.

Há uma medida, dessa felicidade, atrás de cada divisória, com uma mulher, ou um adolescente, ou um hermafrodita, ou um asno, ou um eunuco, segundo a proporção das doses com que é capaz de gozar um simples homem.

E há uma multidão de homens que esperam; e da mesma forma que eles escolheram entre as etiquetas, as prostitutas examinarão a qualidade daquela que eles portam, qual se arredonda na moeda de prata, sestércio ou denário, pela qual eles justificam seu desejo.

O tesouro de seus sestércios e de seus desejos está estacionado em um átrio circular, e para além da parede que o separa das camarinhas, é a ativa fornalha de uma colmeia.

Uma única cela está vazia, reservada à rainha das abelhas, a quem a *Augusta*, inscrita aqui Licisca, assemelha-se bastante — nem um fio de seus cabelos negros denunciado fora do pequeno capacete de falsas tranças louras, cor do uniforme das cortesãs, toda nua agora, e, nos seios, ouro.

Algumas vezes, era uma rede de ouro que tecia sobre seus seios sua carícia pesada; esta noite, eles palpitavam livres, as auréolas pintadas com bálsamo dourado.

A cela, mais exígua que a mais desconfortável e moderna sala de banho, é comparável mais do que qualquer coisa à arrumação de um *water-closet*: como todo o mobiliário, um banco profundo de pedra, menos comprido que um corpo estendido, e que se arrasta de uma parede à outra, sob um colchão vermelho.

E lá se instalou Messalina, e veio um homem primeiro, e ela se deitou sobre o lado esquerdo, os joelhos unidos e dobrados, e as pernas peludas do homem, pesadas com sapatos de ferro, desposaram o côncavo de trás de seus joelhos; e como ele lhe mordia a nuca, para procurar sua língua entre seus dentes ela virou a cabeça para a direita.

Só então ela olhou para seu rosto e seus ombros.

Era um soldado vestido de couro, e Messalina teve a impressão que desabafava nela um odre com pele de bode vivo.

Um pouco embriagada, ela apressou a partida desse primeiro amante, pois logo a porta da cela bateu, último eco do pandeiro das bacantes, o vapor do lupanar roncou na fresta enfumaçada, e como um pavão sangrante abriria a cauda de olhos fascinados, um atleta, polido com pedra-pomes por uma revanche do mármore que quer ser escultor reconhecendo-se menos belo, projetou-se do voo lançado, com um gesto habitual de gladiador, de seu endrômide de púrpura.

Mas foi só a lâmpada piscar, e os olhos negros da cortesã loura sobreviveram, uvas incorruptíveis, à pressão da cama de pedra e do peito do homem.

E se eles se fecharam no prazer, quando suas coxas duras fizeram um cinto no lutador acocorado sobre ela, mais eternos os verdadeiros olhos da cortesã, os bicos dourados dos seios velaram por sua vez com seu fogo infatigável.

Em seguida veio se queimar em seu farol um cocheiro da facção da Rã; Messalina agitou sua cabeleira de costas contra a parede assim como o marco do circo, coroado de ouro, desmorona sob uma roda irresistível, e a mulher gritou ao esmagamento profundo de suas entranhas pelo timão de marfim da quadriga.

E vieram homens, homens e homens.

Até a aurora, quando o *leno* dispensou suas virgens.

Por último, depois até de sua acompanhante, ela fechou sua cela, mas o desejo a consumia ainda.

Do lado de fora, Messalina vira-se para um olhar de adeus na direção de onde ela foi feliz por tão pouco tempo.

A imagem em pau de figueira do deus gerador, deus supremo nos tempos antigos e de quem dependia até o Pai dos deuses, já que só era *pai* por favor dele: o símbolo de vida universal, o deus solar fulgura ainda no frontão de seu templo.

E Messalina, em frente ao ídolo, reconstitui o eterno mito do apaixonado antagonismo da *loba* e da figueira *ruminal*, ou seja, da árvore da fecundidade.

Mas a casa está fechada, a efígie grosseira da Felicidade parece-lhe fazer sinal acima do umbral, indicando uma rota rumo a outro lugar, e que sua verdadeira morada não é lá. Seu olho de ciclope em direção à infinidade de estrelas que empalidecem como por um distanciamento crescente — ele acaba de dardejá-las com a unidade de sua boca e de seu olhar? — a Felicidade, o careca escarlate estende-se ao absoluto.

E diriam que era um grande pássaro que estica o pescoço antes de começar o voo. Messalina não se afastou dali até que o céu noturno, como depois de um sacrifício em púrpura triunfal, repôs sua pretexta de aurora, e num crepitar de gordura de touro apagou-se a gêmea lanterna.

Um crepitar: Messalina percebeu com clareza a fuga do deus em um barulho estridente de asas abertas. A imagem em pau de figueira do deus duro dos Jardins, desertando sua sacerdotisa e seu templo de Suburra, tinha se dissipado, desaparecido sem dúvida rumo a mais altos olimpos, como se esse Imortal, enrubescendo-se ainda, e mais que por sua vermelhidão obscena e ritual, por ter se provado entre os deuses o mais homem, precisasse renovar sua apoteose.

Lá onde ele desceria de novo era certamente a morada perpétua da Felicidade.

E de volta à cama de César, para o despertar de quem, esta noite, ela havia tido a previdência de não mandar as servas concubinas, desejosa de ser possuída uma vez mais e pelo único homem que teve o direito de amá-la *o mais nua* possível, Messalina tirou com alegria — não sem um arrependimento de joias tiradas, mas suas bochechas estavam tão deliciosamente sujas de todas as fedorentas fumaças do lupanar! — o decoro de sua peruca de ouro.

II

ENTRE VÊNUS E O CÃO

Colitur nam sanguine et ipsa
More decae, nomenque loci ceu numen habetur;
Atque Urbis Venerisque pari se culmine tollunt
Templa: simul geminis adolentur thura deabus.
Aurel. Prudentii *contra Symmachum* liv. I, 219

E assim que Messalina, enfim, dormiu, Cláudio se levantou, e na claridade da aurora de seu quarto de trabalho, quadrangular e envidraçado, no centro do telhado-terraço do palácio — o belvedere de Augusto —, esse personagem insignificante e tão incompreensível que nunca se soube se foi um gênio ou um idiota ditou a seu secretário Narciso, como tinha lhe ditado seus quarenta e um livros de história de Roma, a defesa de Cícero contra Asínio Galo, e os vinte livros gregos de anais tirrenos e os oito de história de Cartago:

OS LIVROS DOS DADOS

Memórias de Cláudio Tibério Nero Druso Germânico Britânico César, sobre sua vida

"Saiba-se que será lido uma vez por ano, à maneira de um curso público, no novo museu de Alexandria, o meu museu, onde se professam minhas obras; e agrade aos deuses e ao nome de Augusto que seja de um mais proveitoso ensinamento que meus livros sobre Roma desde a Cidade fundada, tanto foi loucura escrevê-los a quem desvenda mal, a cabeça balançando à direita e à esquerda, os caminhos de seu próprio destino, e se lhe é predestinado *ser rei ou louco*, Teogônio ou César!

"E no entanto, não se pode decifrar ao mesmo tempo sobre o tabuleiro onde eles caem, a face e o inverso dos dados. VÊNUS, que dá seu nome ao jogo, o mais feliz, dos dois seis, esconde-se sempre entre o cubo de marfim e a mesa, mais polida que seu espelho marinho, e os dois uns do CÃO que te arruína dominam insaciavelmente.

"Oh, lavradores de polegar mais duro que dados de osso! abasteçam, o dia está raiando, de jacintos azuis... ah! ou de preferência de malmequeres amarelos — porque se eu nasci no primeiro dia de agosto, meus olhos se abriram à décima primeira hora, quando desabrocham essas flamejantes flores das calendas — seus pequenos cestos de vime branco e de trançado de junco, vocês que cantam os sermões de *Fors-Fortuna*, por causa de seus bolsos carregados de dinheiro e em honra de Iaco que lhes dá de beber, na frente do palácio de seu imperador!

"Se o *senes* de Vênus não flutua nunca sobre os dados, não é porque ela é mais mulher que deusa, e encontra no mais profundo das camas seus mais seguros abismos oceanos?

"Mais mulher? Deve ser Valéria Messalina minha mulher. Porque ela é muito bonita.

— Sim — disse Narciso, *que sabia*, amante de Messalina como os escravos libertos e a maior parte dos *amigos* (título que correspondia a cortesões) do imperador, mas sem ralentar a grande escrita, sobre a cera, com sua cunha cega, e sem que Cláudio parecesse ouvir.

"... E porque, sobretudo, desde que eu a desposei, ela minha terceira (repudiei Petina porque ela era uma mulher como todas as mulheres, que só cometia faltas leves, crimes de simples mortal! mas Urgulanila, que veio em seguida, conhecia o gosto do assassinato humano, e eu a expulsei também, jogando fora depois dela sua filha completamente nua,

Cláudia!), desde que desposei Messalina, eu manco com o pé direito: marido de Vênus, *He-fes-to*! nós dois temos nomes com sílabas ímpares, que, segundo a autoridade de Pitágoras, designam uma tara à direita.

"O deus Vulcão! mas o mestre dos Ciclopes teve como eu por preceptor, não digo um escravo liberto cuidadosamente instruído na gramática, mas UM CONDUTOR DE BESTAS DE CARGA?

"Eu não o deixei esquecer que ele havia conduzido bois; e na frente do aguilhão de sua palmatória, eu seguia com os olhos fixos, e minha mãe Antônia Menor chamava-me de aborto e rascunho da natureza, e minha avó a *Augusta* apenas se dignava a notificar-me isso por cartas. Ha ha! essa Lívia tão perspicaz que Caio, seu bisneto, chamava-a de Ulisses de saias, nunca encontrou nada para me dizer além de injúrias sobre pequenas tabuletas.

"Como resposta, eu saí, mas quando ela morreu, um pouco da minha divindade de imperador, e impetrei-lhe a apoteose.

"E Tibério meu tio, eu fui o único que ele esqueceu, no seu leito de morte, dos três filhos que éramos de Germânico, de recomendar aos senadores para a sua sucessão no império.

"Mas meu tio esquecia de bom grado as coisas importantes. Filho adotivo dos ilustres Júlios, ele nem se lembrou que a mãe dos Júlios era Vênus, e deixou inacabado o templo de Vênus Erice na Sicília.

"Eu reconstruí e concluí o templo da divina avó.

"Ora, antes de poder tudo isso: tímido, afetando mais estupidez, lá ia eu, pelas tabernas, com o mais vil populacho; abandonado por meu pai e com os nervos doentes, eu bebia com os bêbados e...

"E minha mãe Antônia não conhecia para ninguém uma injúria mais grave que:

"— Ele é mais estúpido que meu filho Cláudio!

"Mais estúpido que Cláudio! Ela teria podido, e ela não sabia, como o mais incontestável axioma dos filósofos, clamá-lo por toda a terra! Não havia nenhum gênio e nenhum rei que não fosse um pobre bruto ao lado de Cláudio, quando eu dormia nas minhas tabernas, indiferente ao voo das moscas — não era eu quem roncava! —, aos caroços de azeitonas que jogavam em mim por desprezo, depois de noites e dias com o único dever verdadeiramente imperial, meu especificamente, de ter na mão o destino dos dados de osso!

"E quando eu esfregava meus olhos hipnotizados, mais por meu sonho que pelo meu despertar, com as botinas de mulher com as quais me haviam maliciosamente calçado os punhos, e que me enfiavam uma pluma na goela, eu fechava meus dentes como sobre a boca sangrante de uma amante, e então gritava socorro por causa da cabeleira da Fortuna que eu sonhava que me faziam vomitar.

"Essa vida durou quarenta e seis anos. Aos quarenta e seis anos eu ainda não era senador. Nunca me haviam mostrado aos soldados. Eu vi um soldado, depois muitos soldados, mais tarde.

"E porque era evidente a todos que eu não era bom para compreender nenhum dos negócios existentes, fizeram-me adivinho: fiquei com o encargo de prever o futuro.

"Manejando meu *lituus* adivinhatório do Oriente no Ocidente, a fim de delimitar o *templum* consagrado e determinar o ponto extremo do meu olhar — sou míope! —, eu parecia um cego tateando com seu bastão por todas as trevas do céu.

"É por isso que, imperador, não pedi ao Senado para jurar a inviolabilidade dos meus futuros atos, mesmo que seja esse o costume desde os triúnviros.

"E no entanto, pareceu-me tão natural quanto mancar do pé direito, a primeira vez que apareci no fórum, cônsul — onde meu primeiro ato público foi jogar xadrez com meu colega Vitélio —, que uma águia tenha vindo empoleirar-se sobre meu ombro direito!

"Eu não renego mais a tara do Vulcão; o próprio Júpiter mancaria se carregasse sempre a águia dos raios sobre um único ombro.

"O destino manco sempre do mesmo lado, é — *a sorte*.

"Ora, eis como fui o eleito da águia imperial:

"Quando os conjurados mataram C. César Calígula, pela alta galeria abobadada, de janelas oblíquas, que liga o Circo ao Palácio, diante da grande luz do sangue e de lâminas sólidas de tochas, eu fugi, mais pálido que *o Cão* dos dados de osso. Escondido no *hermoeum*, meus pés de desgraça (creio que minha cabeça e meus pés são os dois polos de um dado!) passavam sob uma tapeçaria, e mal ressoou a corrida do primeiro gládio, cuja bainha vazia zumbia sobre a coxa direita do soldado, eu caí a seus joelhos para lhe pedir a vida, e minha cabeça foi tremer debaixo da tapeçaria, como uma franja.

"E aconteceu, por ordem do destino, que esse soldado, que levantava seu ferro sobre o corpo ainda invisível acima de dois pés desiguais, aprovou a cabeça com cabelos brancos raros, de nariz longo, olhos incertos, como ela parecera digna de escolha à águia! pois o pretoriano prosternou-se e beijou meus joelhos, que se entrechocavam, de medo sem dúvida mas um pouco porque eu tinha cinquenta anos naquele dia, e me aclamou imperador.

"Chamou os outros e eles levaram seu imperador em triunfo em seu campo pela porta decúmana, a mais distante do inimigo, eles me levaram ao som de cornetas curvas e de trombetas retas... porque eu tremia a não poder andar.

"Bom soldado! Também fui o primeiro que comprou todos os soldados a preço de prata! Chega dessas decorações boas para serem proibidas no templo de Marte e de Honra: coroas cívicas, murais, valárias, navais, colares, lanças imaculadas (que não passam de varas), placas... eu imaginei a glória em espécie, *ouro decorativo*!

"Oh, como eu ficava comprido, magro e grande atrás dessa tapeçaria! Será que eu mesmo sei se eu me escondia atrás da tapeçaria? Ou melhor, eu não escondia minha cabeça — tão grande! — pois é ímpio que um deus deixe entrar em seus olhos os olhos de um morto?

"Mas, pelo nome de Augusto! não sou eu que sou deus: a apoteose é uma glória vã das sombras. Eu vivo! Meus dados de osso agitam harmoniosamente ainda os números de todas as suas faces. É Augusto. Ele é todo em bronze, fica na extremidade da *Espinha* do Circo Máximo, e é coberto, ele, a cada decapitação dos jogos. Eu continuo livre espectador, do balcão do meu *camarote*, enquanto ele se mantém, ou sua divindade o mantém eternamente mais firme que os cadáveres, que são carregados ainda quentes e moles porque não se pode deixar o tempo a simples corpos de gladiadores de imitar o metal inflexível das imagens imperiais. Mas, como sou muito bondoso, mandei tirar sua estátua do Circo. Não quero fazer o bronze chorar. E além do mais era preciso com frequência excessiva recolocar-lhe o véu.

"Eu acredito — sim — que sou muito bom. Proibi que recomeçassem mais de uma vez no mesmo dia os jogos do Circo quando fosse cometida alguma infração à lei do Circo! Cada bestiário estará certo de não arriscar mais de dois mortos.

"E mandei matar, apesar das súplicas do povo, o leão ensinado a comer homens!

"Pois eu posso ao menos uma vez ter a dureza de recusar alguma coisa ao povo! Sou muito doce e muito humilde; subi, após um triunfo, os degraus do Capitólio de joelhos, meus velhos joelhos que me fizeram imperador...

"E como eu subia!

"Ora, dizem que sou desajeitado na ação, e, no discurso, gago.

"Eu, eu sei que sou um grande orador!"

— Mas o que eu disse? Narciso, devotado Narciso! Você está guardando impressa na sua cera toda a alma de Cláudio imperador?

O secretário, impassivelmente, releu, e pode até ser que Cláudio, perdido em devaneios, tenha ditado outra coisa:

"O primeiro Cláudio, o Sabino Ato ou Ata Clauso, veio se estabelecer em Roma no ano 250. Seu nome alterou-se para Ápio Cláudio. Os clientes que ele havia trazido formaram a tribo Cláudia, assim relata Virgílio, En., VII, 706-709..."

E durante esse tempo, abaixo do belvedere, Messalina acorda.

Um pouco depois da quarta hora, diríamos dez horas da manhã, suas mulheres levaram-na para se arrumar.

A sala de banho só tem de notável — painéis de estuque entre colunas, vazios, exceto, ao centro, motivos diversos e minúsculas pinturas: lira, cornucópia, cesto de flores, que reluzem sobre a brancura lisa como um adorno de pratos — um espelho alto estreito de vidro de Sidon, de um dos lados da janela, aberto sobre o panorama da cidade, na frente da encosta ocidental da Colina dos Jardins; e do outro lado, numa igual moldura de ouro, o retrato, em pé, tamanho natural e nua, de Messalina, todo em pérolas, exceto quatro pontos onde cintilam rubis.

Um pouco por todos os lugares, sobre prateleiras e pedestais, em frascos e caixinhas de essências, de pós, de unguentos e de maquiagem, presidem, ornando as tampas de lascividades imóveis, estatuetas, de materiais diversos, de deusas do amor, que são Vènus, Cotito, Pérfica, Prema, Pertunda, Lubência, Volúpia.

Vênus não está sobre as prateleiras: ela não se dá com as seis pequenas deusas. E é sem dúvida o retrato de pérolas.

Os pequenos deuses machos encaixam-se como cabos para ferros de cachear, pequenos espelhos, alfinetes de ouro e sinetas de chamar escravos: Príapo, Baco, Mercúrio e Falo.

A cabeleira de Baco criança, tão cacheada que cada anel do cabelo imita uma uva, recobre o frisador de ramos torcidos. A órbita de serpentes do caduceu, que emoldura um espelho de ouro, verifica ali sua dupla simetria, como nadariam enguias, conformes a seu reflexo, em torno da superfície de uma poça.

Falo está faltando. Devia ser, prolongando de uma gema trabalhada em algum alfinete, a preciosa miniatura da grande insígnia do lupanar de Suburra. Mas sua amante e muito humilde adoradora pisoteou-o raivosamente e jogou-o pela janela, ao panorama de verdura, logo ao acordar, quando ela se lembrou, como de um pesadelo, da alucinação da fuga da imagem monstruosa, na aurora que fecha as casas da Felicidade, apaga seus letreiros de lanternas e desanima espectros e fantasmas.

Príapo é um brinquedinho de coral, onde a pequena mão de Messalina pode fazer dançar um infantil esqueleto de prata, tal como os dos festins, que tilinta então cristalinamente por todas as suas articulações, mas está pendurado agora à parte dos sinetes que comandam as camareiras.

Messalina afasta-se do vasto espelho, o último e o primeiro e o mais voluptuoso de seus banhos, e subindo novamente do fundo desse mar, após um olhar sem ciúme para a outra Anadiômena, de pérolas, ela tira as suas, o que quer dizer que a vestem.

De costas para o espelho e para a janela, cujo vão vasto ocupa todo um dos espaços entre as colunas de estuque, ela vigia o ferro da cabeleireira pelo jogo combinado de dois espelhos, e revê ainda, ao fundo do pequeno disco de ouro polido que ela segura pelas serpentes acasaladas em caduceu que o cercam, os cachos de sua cabeleira atrás de sua nuca, e, reduzidos no caixilho da janela, os terraços de Lúculo, na encosta oeste da Colina dos Jardins.

A Cidade e a Mulher enfeitam-se.

E eis que a embelezadora colocou-lhe todos os seus pentes no coque, e assim duas cabeças se confrontam, bem parecidas e do mesmo tamanho, lado a lado no espelho: a colina frisada de plátanos e de hera, com grande reforço de coral, de concha de ostra e de ouro esmaltado; e a madeixa com reflexos de cimos e abismos de Valéria Messalina, engrossada pelas esplanadas, ou que se espalha de vasos em vasos de pórfiro vermelho, sobre filas de colunas policromáticas.

E no mesmo momento em que a embelezadora coroa seu trabalho com um penacho de diamantes que fulgura no sol meridiano, no pleno e perpétuo meio-dia do pequeno disco de ouro mirando a cidade e a imperatriz, o jato de água do supremo terraço de Lúculo se abre.

Há um camafeu de Messalina, reproduzido e conservado na obra de Rubens, que representa, um pouco da mesma forma que essa cabeça de mulher e essa vista de cidade geminadas em um pequeno espelho, a imperatriz (atrás dela seus filhos Otávia e Britânico) e *Roma de capacete* olhando-se face a face. A sardônia é curva e os dois bustos têm a postura de dois braços de um candelabro.

De acordo com esse camafeu, e um outro de Cláudio e Messalina guardados por dois dragões, a imperatriz tem um rosto exageradamente redondo, redondo como um seio ou tudo que infla uma força; a boca, bem pequena, come no entanto todo o rosto, porque os músculos dos maxilares são enormes e feitos para servir um focinho de bicho; as narinas largas, o nariz de Cleópatra, herança de Marco Antônio, seu bisavô (acontece do amor impressionado de um amante transmitir traços da amante aos filhos da esposa legítima). Não bela em suma; mas é que o fogo dos olhos apagou-se na sardônia morta. E a beleza não é uma moda? Ou antes, uma forma dita bela será alguma coisa além de um *vaso de paixão* a quem nem mesmo se pede que não esteja trincado, pois é a melhor transparência!

Sob a fina epiderme, espuma das veias cor de mar, Cláudio descobria Vênus Anadiômena!

E ele não estava nem um pouco admirado de que a imperatriz se comparasse com a cidade, já que bem havia um culto paralelo de Vênus e da Cidade. E mesmo sem isso,

Augusto não havia expressado essa vontade, que o culto de Roma fosse sempre associado àquele do imperador? Esmirna ergueu o primeiro templo à Cidade, Catão o Velho cônsul, ano 559; vinte e quatro anos depois, Alabanda, o segundo, sobre o modelo dos templos de Vênus, e os primeiros poetas cristãos puderam escrever:

Seu culto, a ela [Roma], é sangrento
Da mesma forma que a uma deusa, e o lugar é tomado por um deus;
E elevam-se a uma igual altura da Cidade e de Vênus
Os templos, e juntos queimam, para as deusas gêmeas, os incensos.

Então, assim como toda mulher mira-se com complacência, Messalina contempla em seu espelho de mão os maciços, canteiros de buxo em quadros, teixos podados, palhoças, príapos do Jardim, menos numerosos que os grampos de seu penteado e suas pedras preciosas.

... E subitamente ela explode em lágrimas, e é praticamente, dentro da sala de banhos, como se a grande moldura de vidro de Sidon tivesse sido pulverizada sobre a calçada de mosaico, criando uma arena cintilante com o esfacelamento faiscante de sua pedra especular; ou como se, as pérolas desencaixadas, o retrato de Messalina, a beleza de Messalina se desfizesse em mil pedaços.

Alguma coisa como o grito:

— O grande Pã morreu!

Ela foi vê-lo em seu estábulo de bode — Pã, Príapo, Falo, Fales (que é seu nome divino). Amor, Felicidade, o deus para o qual ela conhece mais invocações! Se ele existe, é aqui certamente sua morada, e não nas estatuetas insignificantes, joias de templos, frágeis utensílios de toalete.

Ela o viu.

Ele é favorável aos homens com um favor breve e morre assim que toca uma mulher — oh, o choro da Vênus de pérolas que retorna em todo o pó da areia do mar, *Katadiômena*!

E se ele ressuscita é para morrer de novo, como sua imagem, a grande águia noturna, empoleirada na porta de seu templo, apagou seus olhos de raio, acalmou a envergadura de suas penas apaixonadas, e pareceu voar — a memória da ninfomaníaca sugere-lhe uma visão alucinatória cada vez mais precisa —, verdadeiramente voou para longe na aurora, na mesma fuga que as últimas estrelas!

— Onde está você, Fales, Príapo, filho de Baco e de Vênus? e com seu único nome que não muda nunca, onde está você, deus dos Jardins? Minha contemplação é tão absoluta, meu desejo tão firme, que eu sei que você existe em algum outro lugar que não no santo do estábulo ou nas joias mortas das mulheres.

Júpiter, Pai dos deuses, habita o Olimpo e seu templo do Capitólio; Augusto, o templo de Augusto; Lívia, avó de meu marido, deusa, o templo de Augusto e todos os lugares onde nós mulheres juramos pelo seu nome...

Nós mulheres... Nós, outros deuses!

Porque a mulher de um divino César está mais próxima que os outros humanos de um deus! Deus, ainda que Cláudio só tenha permitido erguer uma única estátua de sua pessoa, e de prata! com duas de bronze e de pedra, e proíbe que se prosternem diante dele, o *Imperador* vencedor da cidade de Cinobelino, Camuloduno perto do Tâmisa, fora dos limites do mundo habitável, onde as legiões, fossem as *Claudianas*, *Fiéis* e *Piedosas*, não o teriam seguido se as águias fêmeas dos mastros sem bandeira não tivessem seguido os traços da tocha de fogo no céu, a favorável Águia fulminante!

Águia de Roma e de Suburra, você então voltou para se apagar nos pântanos da Bretanha?

Eu sou toda a Cidade!

Eu sou *Augusta*!

Meu marido será inteiramente um deus, muito em breve: ele já está com cinquenta e oito anos.

E eu...

Príapo, meu irmão deus, não se zangue por eu estar ainda tão longe da apoteose: deus do amor, é porque sou jovem!

Deus dos jardins... —

(O sol alto da sexta hora fazia cintilar os terraços de Lúculo, os pálios dos Gregos encrespavam-se nos arcos do pórtico da biblioteca, as estátuas animavam-se entre os xistos, a vaca sagrada da Diana persa, de prata, marcada com uma lâmpada, efígie daquela imolada sobre o Eufrates pelo fundador dos Jardins tão belos quanto os dos reis, pôs-se a brilhar, através dos jatos de água, de luz e de multidão, como um grande peixe no fundo de um rio, e o rosto de Mitrídates, todo em ouro, com seis pés de altura, com seu escudo de pedras preciosas, espelho de cotovias, derramou todo o Oriente sobre os canteiros.)

—... DEUS DOS JARDINS! Eu compreendo pela primeira vez o seu nome e seu nome indica-me sua morada: você habita *o mais belo jardim*! São essas sombras opacas, o telhado da Casa da Felicidade! Se você protege os recintos dos pobres com sua pobre imagem fabricada, por um tamanqueiro e seu machado, ao acaso com uma velha figueira, o mais belo de todos os seus ídolos, você mesmo, ó Fales!, reside no mais divino jardim!

A imperatriz, debruçada na janela de seu palácio, espera que a cortina do templo de verdura se solte e que surja ali a Divindade Viril.

Mas as folhagens de dois verdes, plátano e hera, e os gramados de líquido acanto permanecem mais impenetráveis que uma máscara que soubesse fechar os olhos; ou mais simplesmente diríamos que aquela mulher, cuja cabeça é grande como a Cidade, que Roma obstina-se em desviar-se para o lado.

E a imperatriz desvia-se por sua vez da janela, e a grande Cidade volta a encolher-se e aplainar-se no quadro de serpentes do espelho redondo, como uma medalha.

Mas assim que, pela segunda vez, os olhos de Messalina se encontraram no espelho, ela derreteu-se novamente em lágrimas.

Com a mesma clareza doentia com que havia lido antes ali a morada de sua quimera desaparecida, ela decifrava ali, com *todas as letras*, porque o deus havia partido.

Ora, era uma velha crença religiosa latina, que Roma devia ter vários nomes.

O nome profano, ROMA, que em grego significa *força*, assim como o Tibre, em língua etrusca, dizia-se *Rumon* e reenverdecia a cada ano a figueira *ruminal*, quase exprimia *a que* deus estava devotada a Cidade.

Messalina, criança, tinha aprendido com as vestais o vocativo sacerdotal: FLORA.

Mas existia um nome secreto e terrível, que era proibido pronunciar sob pena de morte (enganavam o povo com a suspeita de que podia ser VALÊNCIA ou ANGEROMA), que era o próprio nome do deus da Cidade.

E os sacerdotes ensinavam que o dia em que O NOME fosse proferido seria o dia da partida da divindade tutelar, que iria procurar alhures, segundo a fórmula consagrada, *mais amplo culto*.

E mesmo que ninguém soubesse o nome, por medo de um infeliz acaso, havia se estabelecido o costume de dizer:

— *A Cidade*.

E a palavra profana ROMA velava, como uma máscara, os frontões dos monumentos onde uma inscrição precisava nomear a Cidade.

Ora, Messalina, observando aquela medalha da Cidade no espelho de ouro, acabava de ler (mas sua crise foi tão repentina que seus lábios não soletraram) o nome sagrado, mal suspeitado, nunca pronunciado, *como nome da Cidade*, do deus da Cidade, do deus que havia partido: a última palavra da inscrição, sobre o pórtico, da biblioteca de Lúculo, invertida no espelho:

AMOR

Mas quando a imperatriz chorou — como uma chuva sobre os jardins, os jardins fizeram-se tão belos que ela entendeu que o deus não podia tê-los deixado. E ela olhou-se no espelho e sua face eclipsou a Cidade, e ela gritou a plenos pulmões, nomeando sem medo o deus pelo seu nome:

— Obrigada, Amor! deus de Roma, por abandonar Roma e sua fedorenta Suburra, pelos jardins que desabrocham diante da janela de Messalina. Você não foi feito para ser citadino; enfeite-se de flores, deus agreste, eterno deus dos jardins! Você não encontrará em outro lugar *mais amplo culto* do que no seu novo império, deus de Messalina!

Ela voltou alegremente à sua janela.

— Com quem ela se parece, esta cidade, vestida com uma peruca verde, que quer ser uma mulher, ou esta mulher que quer ser a Cidade? como se uma outra que não Messalina, com a pequena boca de seu sexo, pudesse devorar a Cidade inteira!

Eu reconheço você, ainda que esconda seu rosto! você é Popeia Sabina, amante de Valério, o Asiático, que pagou os jardins de Lúculo aos seus caprichos, para fazer com eles a estátua de sua nuca e de sua cabeleira, tão monarquicamente como ele paga seu marido Cornélio Cipião para ser apenas um simulacro de marido!

... O jardim é muito bonito e Popeia Sabina — não tão bonita quanto eu! — é uma mulher muito bonita. Ela tem vestidos talares de uma única peça de seda, bordados com figuras de pássaros, sobre cujas caudas trotariam confortavelmente as patas das quinhentas asnas do leite diário de seus banhos. Há no jardim e eu vi — enquanto meu marido (ele não viu o deus), com sua desconfiança habitual mandava inspecionar todos os tufos de árvores — uma maravilhosa bola de vidro de Sidon, grande como uma cabeça de homem! Eu não tenho espelho tão perfeito nesta sala de banho, exceto meu retrato de pérolas. E como já observei, no Circo Máximo, através de uma esmeralda da Cítia, as coisas ali parecem exageradamente maiores quando próximas, e menores as mais distantes. Eu acredito que ela prediz o futuro. Descobri-me com todas as pequenas rugas futuras. Tive muito prazer em me saber muito feia.

"E depois, o nariz de César, inchado na ponta, virou uma tromba. Se um homem nu se visse homem nessa bola, ele se veria deus! o deus que eu procuro. Mas não há nada na bola de vidro a mais do que numa cabeça humana, sonhos vãos."

... O Asiático deve ter trazido esta bola da Ásia para oferecer um espelho ao deus! É a imagem conservada de Fales que lhe comunica esta virtude, de refletir sob o aspecto da apoteose. O Asiático tem certamente o deus favorável, ele é o sacerdote de seu templo. O deus solar visita primeiro os homens das regiões onde o sol nasce! Eu não me espanto mais que Popeia prefira o Asiático a seu marido. E no entanto Cornélio é bonito, eu sei muito bem, eu me deitei com ele! O Asiático é careca e gordo, me contaram, e tem as sobrancelhas atravessadas! Eu não conheci o Asiático... ainda. Se eu...? — Eu conheceria o deus que ele guarda em seu jardim — a não ser que seja ele mesmo o deus dos jardins. E assim como eu tenho minhas joias dentro de um cofre fechado, terei comigo a chave dos jardins, a chave do deus!

E ela estendeu a mão na direção de uma das imagens de Fales (praticamente não havia utensílios de toalete que não a tivessem sobre o cabo), e, com as ideias reacalmadas até ao desvario e ao feroz, na direção do mais pueril brinquedinho, o guizo de prata de som claro, cuja matéria fazia imperiosa e imperial a lembrança de um barulho de dado de osso — e chamou seu delator.

III

O SENHOR ASIÁTICO DAS ÁRVORES

Sed truncum forte dolatum
Arboris antiquae numen venerare Ithyphalli
Terribilis membri, medio qui semper in horto
Inguinibus puero, proedoni falce minetur.
L. Jun. Mod. Columellae, *De Re rustica*,
liv. X (De cultu hortorum)

Os acusadores jurídicos, que depositavam seu requisitório entre as mãos do pretor, na presença do acusado, depois de o terem assinado e feito subscrever ali os adjuntos, tinham vindo, sob Tibério, transmitir secretamente ao imperador suas delações. Seu despotismo inquieto ajustava-se bem a eles e os chamava *os guardiães dos direitos*, porque faziam punir os que atentavam contra, ou pela antífrase, assim como se diz: as Eumênides. Com ouro ou com promessas, ele os puxava, segundo suas necessidades, fora de seus retiros, como um gládio da bainha; e essa comparação passou a ser habitual, pela qual o denunciante mais emérito era considerado um gládio nu e pronto para atacar. O mais nu de todos, e o mais caro a Messalina, e aquele que ela havia chamado a fim de suprimir legalmente o Asiático, era um certo Públio Suílio, antigo questor de Germânico, outrora afastado, por ter vendido um julgamento, por Tibério em uma ilha.

Quando o dia seguinte descobriu aos olhos de Messalina sua parte delicada, que é a aurora, a imperatriz, contra seu costume, não adormeceu e reteve Cláudio na cama.

E no cubículo imperial, onde a cama de marfim ia representar o trono de justiça, Públio Suílio o denunciante entrou, à cabeça de soldados em monte mais do que em tropa tanto eles se apressavam confusamente para cercar alguém, e dirigiu-se então ao imperador:

— Saiba-se que tenho as provas e as testemunhas de todos os crimes de Valério, o Asiático, o homem que lamenta publicamente não ter, com seu próprio ferro, ó César!, matado César, e trago-o entre suas mãos!

Sobre os lençóis menos exangues que elas, as falanges de Cláudio se entrechocaram.

— Todos os que primeiro te saudaram imperador e devem ser teu mais caro tesouro, que foram adquiridos com teus tesouros, viram-no depois da morte de Caio César erigir a toda altura sobre um montículo este grito: "Agrada aos deuses que ele tenha morrido pelo meu braço!". E todos se declaram prontos a jurar que Valério não pode, desde esse dia, escalar uma colina sem ser tomado pelo frenesi do assassinato de um imperador. Acontece que existem até sete colinas na Cidade, e sua preciosa pessoa é única, César.

— Ele tentou nos corromper pela profusão estranha de suas riquezas — disse um soldado; — Mas somos leais e não estamos à venda, nem por ouro nem por libertinagens, agora que somos de César.

— Ele está preparando uma viagem — disse um outro — rumo aos exércitos da Germânia; será fácil para ele, nascido em Viena e graças ao apoio numeroso e poderoso de seus parentes nessa primeira fronteira do Levante bárbaro, levantar os povos seus compatriotas.

— Ele é o amante de Popeia, creio eu — sussurrou Messalina.

— Eis aqui palavras bem suficientes — interrompeu Cláudio; — A sorte julgou, uma vez que a acusação foi ouvida antes da defesa.

— Enfim — retomou Suílio —, e para nada omitir, eu o vi prostituir-se, desprezando o seu sexo, em pleno Circo; o que é lícito em um jovem torna-se monstruoso da parte desse velhote careca.

E ele estendeu o indicador para a multidão.

— Eh! Para qual velhote careca você está apontando, Guardião dos Direitos? — debochou Cláudio. — Ele é meu notário estenógrafo!

E as pálpebras de Messalina bateram, pois a fileira irregular, mas compacta, dos soldados, escondia-lhe ainda o Asiático.

— Interrogue seus filhos, Suílio — vibrou uma voz que destacava todas as sílabas, e que se separou da multidão; e com um único passo, cujo feltro não acrescentou nenhum som à sua fala, Valério apareceu. — Se você nunca me viu, a carne deles teve todas as provas de que sou um homem!

— A justiça, pela primeira vez, vai balançar a sorte? — resmungou o imperador, que se interessou.

Então ele disse bem alto:

— Fique onde está, e fale.

Valério, o Asiático, era de estatura média, aumentada por altos sapatos seríceos com a ponta levantada; na força da idade, e seu crânio só parecia careca pela polida do barbeador, exceto a longa trança de um negro de jade cujo chicote caído acariciava até as ancas sua toga de seda azul folheada a ouro — à moda do país mais distante que toda memória, excetuado o livro de Amometo, até onde ele havia levado o nome romano e do qual adotava sem restrição os costumes, depois de tê-lo feito tão próximo de Roma quanto a Tartária e a Índia pelo transporte fluvial de sedas, peles, escravos e pedras preciosas aos entrepostos de Dioscúrias, onde se encontravam os mercadores de setenta povos: — a China.

E sua defesa foi peremptória (como ele teria sido o amante de Popeia, se haviam surpreendido encontros da mulher de Cornélio com o mímico Mnester em seus próprios jardins? e suas riquezas consideráveis, usava-as apenas para o serviço do imperador?) e patética, a ponto de motivar de emoção o tremor de Cláudio, e arrancar lágrimas de Messalina.

Ela saiu para enxugá-las, e para recomendar ao cônsul Vitélio que não deixasse escapar o acusado.

Cláudio começou a falar grego, o que era nele uma marca de preocupação, com frequência tão compadecida ou simpática quanto sanguinária:

Στατίλιου δὲ Ταύρου μετὰ Λουκίου Λίβωνος ὑπατεύσαντος, ὁ Τιβέριος ἀπείπεν ἐσθῆτι σηρικῇ μηδένα ἄνδρα χρῆσθαι. (Tibério, sob o consulado de Statílio Tauro e Lúcio Libão, proibiu aos homens vestirem togas de seda!)

Ele parecia não reservar contra o Asiático nenhuma outra acusação além dessa *promiscuidade* das vestimentas, tecidos de Cós e seda reservados às mulheres pelas leis suntuárias (uma libra de seda serícea, em Roma, equivalia a uma libra de ouro), e estar disposto a absolvê-lo.

Messalina, precedida de Vitélio, entrou.

"Esta trança peluda sobre sua cabeça é a mesma que se retorce, menos longa, nas ancas de Pã", ela refletiu. "Ele guarda o deus... E suas unhas, que são garras divinas..."

— César — gritou ela —, ele tem na unha do mindinho um revestimento de caniço! Lembre-se que desde o acidente, devido ao estilete de um acusado, do qual sua bochecha confessa a lembrança, você sabiamente proibiu, até aos escribas, de conservar em sua presença seus estojos de metais...

— Medo, eu? — dizia Cláudio para si; — E eu não sou uma criança dos deuses?

— Escute-me, César — disse Messalina. — Ele guarda o deus, os jardins, a bola... César! eu quero dizer que ele possui o tabuleiro de xadrez de Pompeu depois do seu terceiro triunfo, em vidro de Sidon... não! feito de duas únicas pedras preciosas, de cor diferente, longas de quatro pés, largas de três, maciças o bastante para suportar uma lua de ouro com peso de trinta libras, e acompanhadas por todas as peças esculpidas nos tamanhos das duas mesmas pedras!

— Vênus?... — delirava Cláudio.

— Lúculo brincava de imperador, e o Asiático conspira nos mesmos jardins!

— Pelo nome de Augusto! — disse Cláudio com dificuldade. — Hércules, deus da força, diante do templo de quem eu julgo geralmente, Hércules-das-Musas! eu não sou árbitro, mas ministro do Destino: inspire-me para uma grande justiça!

— Ele monta a cavalo pelo lado errado — insinuou com eloquência Suílio; — Ele alimentou seu pai doente com sopa de carne humana e regozijou-se nos funerais (é o único de seus crimes pelo qual eu quase ouso desculpá-lo, em comparação a seus arroubos após o assassinato de um César!), ele come com dedos artificiais. — Ele se senta. — Repare! no lugar de ficar de pé em sua presença imperial e tem o ar, por Pólux!, de acreditar que lhe presta todos os deveres devidos; ele faz amor, em seu banho, com moscas, e ele construiu sua biblioteca e sua pinacoteca começando pelo teto!

— Fales começa no Olimpo — pensou Messalina em voz alta.

Ela retomou:

— O Asiático está conspirando com certeza, César!

— Permita-lhe — disse então, em um silêncio geral, Vitélio, que esperava e ainda não havia falado nada. — Já que não se tem certeza de que ele seja culpado, e esta circunstância de seu crime merece consideração; permita-lhe — eu sempre fui seu amigo e conheço sua clemência, César — escolher seu tipo de morte!

O Asiático erguia, para toda peroração de sua defesa, sua inocência em toga de ouro, na atitude de um ídolo raro, exótico e incompreensível.

— Minha clemência! Uma grande graça, certamente! — disse Cláudio. — Eu sou muito clemente. — E sua boca babou. — Ele é inocente, eu creio, este homem em seda, já que as testemunhas que o teriam visto reconheceram apenas meu secretário. Mas a sorte... Certamente, eis a equidade: pelo nome de Augusto e por Hércules, eu quero que ele escolha seu tipo de morte! Mas ele não deve inovar demais, nem importar mortes estrangeiras no lugar do *costume dos ancestrais*! Ele é seu amigo, Vitélio; eu quero ser o dele, eu seu colega, com um conselho: você é jovem, Asiático; você deve ter quarenta anos, nem isso, você tem então de agora em diante o direito de fazer a barba com navalha e deixar a tosquiadora para os mais jovens! E já faça para você uma coroa, branca como osso, com esta navalha de verdadeiro aço seríceo! Você gosta de brincar com as coisas que cortam, e para manter suas unhas afiadas você as coloca dentro de uma bainha de madeira. Tome seu banho esta noite e raspe a vida do fundo de seu pescoço, Asiático, não é muito longe, creio eu — um pouco mais longe apenas que as raízes de sua barba. Eu vomito bem, quando querem, pela simples interseção de uma pluma áspera, a Fortuna deusa, eu César! Adormeça em um banho vermelho, é bom, bom, melhor que plumas macias girando nas orelhas... creio eu. Eu sou o seu bom, bom amigo, Asiático. Eu terei te dado prazer se é verdade o que dizem aqueles que mentem, que você tem prazer, ó, você que vai se pintar com toda esta púrpura cesarina que você esconde em seu peito enfeitado, em decapitar um imperador! ἄνδρ᾽ ἀπαμύνασθαι ὅτε τις πότερος χαλεπήνῃ (Não sou um grande orador?).

Os soldados retomaram Valério em sua tropa: este verso de Homero ao final do discurso de Cláudio era sua despedida habitual àqueles que ele condenava à morte.

E Messalina gritou por sua vez, na direção da saída muda do Asiático:

— Você não é o deus, já que você morre! Mas feliz é você de desaparecer para sempre, atrás das portas bem fechadas dos seus jardins, que eu abrirei, aos pés do deus dos jardins! Como Lúculo, que morreu do deus, em sua mais bela sala de jantar, onde ele ceava, *na Apolo*, com Fales! Porque eu sei que ele não sobreviveu ao filtro do amor que Calístenes, seu escravo liberto, fê-lo beber a fim de recuperar o coração de seu mestre, oferecido em sacrifício ao deus! Que eu possa ser digna da mesa do deus (o deus me ouça!), quando o tempo da apoteose chegar para mim — *em Atropos* na casa de Lúculo!

E, na noite seguinte, à hora de suas saídas costumeiras, disfarçada, rumo a Suburra, mas fulgurante com um grande casaco púrpura sob o qual ela escondia, em um estojo de laca, a pequena chave de bronze retorcida em forma de dragão que era a chave da porta dos jardins e o sinal de que este presente de seu mestre tinha o caráter definitivo de um legado, ela dispensou todas as acompanhantes e esqueceu de mentir para Cláudio, em seu adeus, para onde estava indo.

Ele adormecia esgotado por Vênus, sem pensar mais na sua sentença da véspera, e compreendeu com dificuldade que se tratava de uma porta:

— Cuidado com *o cão*, sonhou o imperador.

Mas Messalina estava empenhada em imaginar a visão incerta de um canto do parque de Lúculo, evocando, segundo o luxo favorito dos mais refinados arquitetos de jardins, depois que eles tinham esgotado todas as florações da escultura e todas as formas furta-cor das horticulturas, um pedaço de campo rústico e nu, nu como a nudez de um homem, até seu itifalo em pau de figueira. Assim como de hábito, não faltava à divindade vegetal, coroada de trigo e o pé rodeado de rúcula, nem um nem outro dos dois atributos que lhe permitem, o primeiro pelo seu vermelhão fazer medo às crianças pequenas, o segundo por sua lâmina cortante espantar os ladrões. A grande asa de sua foice imemorial, meia envergadura das infinitas tesouras de Átropos — a haste carmesim do amor é nela o ferro gêmeo? —, ao mesmo tempo que o *outro* gesto do deus que fecunda, *semeava* a morte por todo o campo.

IV

A IMPERATRIZ À CAÇA DO DEUS

Ὅπου καί νῦν, ἐπίδοσιν τοιαύτην τῆς τρυφῆς ἐχούσης, οἱ Λουκουλλιανοὶ κῆποι τῶν βασιλικῶν ἐν τοῖς πολυτελεστάτοις ἀριθμοῦνται.

ΠΛΟΥΤΑΡΧΟΥ Λούκουλλ XXXIX

Não se sabe ao certo se Popeia, filha de Popeu Sabino e mãe de Popeia, que se casou com Nero e a quem ela legou sua beleza e seus segredos para conservá-la, foi a amante de Valério, o Asiático; mas Messalina confundiu na mesma vingança o senhor dos Jardins e sua rival ao espelho. Consta por outro lado que os cavaleiros Petra, denunciados logo por Suílio, o foram sob o pretexto de terem fornecido à mulher de Cornélio Cipião um local de encontro.

Mas não foi provado que ela encontrava lá o Asiático. Os manuscritos, através dos quais nos chegou o texto de Tácito explicando essa causa da morte dos cavaleiros Petra, não trazem: "os encontros de Popeia e Valério", ainda que os traduzam geralmente assim (Lallemand, Brotier, Oberlin, Dureau de Lamalle, Juste-Lipse, Ernesti, Burnouf). O nome de homem que eles dão é *Nester* ou *Nestor* ou *Vester.* Dotteville conjectura: *Mnester*.

Se a sequência dessa história, e o que Dião informa-nos do mímico, tornam inverossímil uma ligação entre Mnester e uma mulher, é permitido supor que o ator representava, a preço de ouro, o álibi do Asiático.

Ora, depois que criados pagos pela imperatriz induziram Popeia, pelo pavor da prisão, ao suicídio, uma forma bizarra e caprípede sumiu da casa dos Petra, pulando tanto que não se distinguia se estava vestida ou se era peluda, na direção dos Jardins.

E esse ano foi marcado por diversos prodígios, e saiu das ondas uma ilhota próxima à Ilha da Besta, e Messalina violou com o pequeno dragão de bronze a fechadura de ferro do parque de Lúculo.

A noite caía mais calma e mais densa entre os altos muros do recinto e as primeiras construções da propriedade, e o cérbero tradicional do porteiro, predito por Cláudio, pôs ali um espectro pela sua brancura.

Mas era apenas um cão de porcelana, sentado, uma bola sob uma de suas patas dianteiras, colossal vaso sem desenho, com olhos de vidro, tão perfurado e frisado que os cachos do pelo longo agitavam-se ao vento mais que pétalas de flor.

Ao contrário do cão de guarda, imitador do despetalamento de uma rosa, azevinhos podados conformavam-se a curvas animais, e à medida que os gramados esmoreciam-se com essa aurora mais alva precursora do luar, decupagens negras, simulando sombras nítidas de combates no céu de quadrúpedes nefelibatas, afrontaram-se conforme o andar de cervos, elefantes, mantícores ou de unicórnios, ao capricho domesticado dos arabescos do buxo.

Esse buxo em formas de animais era a estética comum dos jardins romanos, mas, no do Asiático, empurrada, pelos arquitetos dos olhos puxados, até os seus limites mesmo, transpuseram, como eles haviam transgredido outrora, para o benefício da anexação à *família* de Lúculo, as margens fabulosas de seu Cambari e de seu Lanos.

E o buxo assinava sobre os xistos, de alto a baixo, seus nomes misteriosos.

Aqui e ali, numa alternância regular das mais belas estátuas gregas e ídolos da Índia e da Pérsia dos mais ricos materiais e deuses chineses do ventre mais gordo, teixos imitavam ânforas, e uma fila espiral de arbustos anões, ressecados por uma tesoura madrasta, contorcia o corredor de um labirinto no coração de uma muralha seca mascarada com o eterno buxo escalonado.

Mas em nenhuma parte Messalina reconheceu, rubicundas sobre o verde acanto, as figueiras sagradas, protetoras de todo jardim de Roma, secas e no entanto tão maduras — no jardim do Asiático! — do mais puro vermelhão da Ásia, que elas haviam rutilado todo aquele dia ao sol até aspergir as janelas dos Césares.

E nem sobre a plantação cortada engenhosamente disforme, podada como a impedir anões de agir livremente, nem através dos bosques de árvores falsas, de papel machê ou de cimento moldado, tal como os que emolduram hoje, ao redor de Paris, os pequenos parques das tabernas de subúrbio e parodiam estátuas de árvores célebres, ela encontrou esse paroxismo da beleza de um jardim, atual ou romano, o espelho do deus, a bola de Sidon, de vidro!

A menos que não houvesse outra além da lua, que se ergueu como se levanta uma lâmpada, e pôs-se a ajudá-la em sua busca.

Ela conjecturou então que não eram necessários ídolos no recinto onde errava em pessoa o deus; nada de imagens fálicas na presença de Fales, nada de espelho (mesmo se fosse uma esfera maravilhosa) quando ia surgir a forma resplandecente.

Ao fim do canteiro todas as valvas davam nas salas de jantar de Lúculo.

Messalina empurrou uma porta, tão dissimulada e maciça que a julgou protetora do reduto mais retirado, subterrâneo e abobadado; e no interior foi o estupor de um pátio bastante vasto, sem teto, regado de lua cheia, mais quadrangular pela simetria de quatro plátanos gemendo no espelho de uma bacia de mármore central, como se escava em todo átrio, seu suplício de Mársias.

Mas essa bacia, cheia de água límpida, era a toalha sempre imaculada de uma caprichosa bandeja, onde singravam, destinados às comidas leves, pratos em forma de pequenos navios. Sua branca vacuidade emprestava-lhe uma aparência obscena de *scaphes*, que são vasos de noite de forma oblonga.

Mais longe, em plena parte de terra bruta, exceto por uma macieira e uma minúscula pirâmide de pedras, um outro triclínio oferecia suas camas de jaspe, sob o dossel de verdura artificial de uma hera de metal pintado e envernizado.

Em seguida, um terceiro cômodo onde uma janela oscilava perpetuamente com um sopro automático de borrasca e com uma chuva enganosa cujo aqueduto elevado fazia-se de nuvem; enquanto uma lucarna, em frente, olhava a calma da noite e o deslizar sem fôlego da lua sobre a pista de sua ceia de neblina.

Em seguida, uma sala imensa e redonda, análoga ao Panteão de Agripa, aerada por uma abertura circular do domo, a qual, pela sua elevação, deixava o interior tão abrigado dos ventos que uma breve chuva, real e celeste esta, caso caísse, abater-se-ia verticalmente, sem que uma gota declinasse em direção à beirada da calçada seca, na bacia do meio, precisamente igual em diâmetro à abertura do domo.

E tantas portas, céus abertos sucedendo criptas repentinamente, que Messalina não soube mais se uma parede ou o ar noturno opunha-lhe sua opaca mentira de marfim.

E a última tapeçaria, vegetal ou metálica, que ela levantou, entre dois troncos de uma avenida, reuniu hermeticamente sobre sua entrada todas as suas escamas; e houve apenas uma possibilidade de encontrar uma saída, que foi uma escada para uma abóbada.

V

O PAI DA FÊNIX

Paullo Fabio, L. Vitellio consulibus, post longum seculorum [ambitum, avis phoenix in AEgyptum] venit... Et primam adulto curam sepeliendi patris... subire patrium corpus, inque solis aram perferre atque adolere.
C. C. TACITI *Annalium liv.* VI, 28.

Enquanto isso o Asiático, de volta a casa, antes de qualquer outra coisa, ditou, na língua de monossílabos, seu testamento a um escriba, que o registrou, sobre papel de arroz, com dois pincéis, em escrita *de erva*, aquela que é quase taquigráfica, tão rápido quanto o vento do Levante deita a palha.

E ele disse altivamente que lhe teria sido mais honorável morrer pela cautela de um Tibério ou pela violência de um Caio César do que pela fraude de uma mulher e pela boca despudorada de um Vitélio.

Depois ele fez um passeio a cavalo em uma parte do interior de suas muralhas, divertiu-se com todos os seus exercícios diários, e jantou alegremente entre suas concubinas, cujos pés eram tão pequenos que ele sempre acreditou vê-los perdidos ao longe e cujas axilas cheiravam a chá, com a harmonia dos címbalos.

Ora, durante a refeição, os jardineiros trabalharam numa fogueira, segundo sua ordem; e para que seu sangue esparramado não arrastasse nenhuma seiva vertida, ordenou-lhes que erguessem apenas troncos mortos.

Sua diligência empregou nisso todas as figueiras talhadas, de haste alta e não escarafunchadas, e mastros preciosos e esculpidos de cedro e de sândalo, e estacas maciças, com uma cabeça de raízes, e incorruptíveis, porque foram plantadas invertidas e porque o bosque só pode apodrecer no sentido em que a seiva sobe.

Foi por essa razão que Messalina se espantou por não encontrar nenhum lingam nem itifalo perfilando seu palo sobre os pequenos bosques do jardim.

Valério aprovou a estrucção de traves redondas, tão vermelhas de laca já como de fogo, mas ordenou a transferência da fogueira para outro lugar, de medo que a espessura das abóbadas de verdura fosse diminuída pelo ar em brasa.

Deixou a seus intendentes a preocupação de descobrir, como devia ser fácil, no prodigioso parque do qual ele nunca havia explorado todos os atalhos, um espaço sem árvores.

E sua recomendação final e muito calma foi que uma vez seu corpo aos cuidados das chamas, escravos e mulheres o abandonassem sem incomodar mais o repouso dos bosques, e que o último que deixasse deserto o parque levasse o testamento indecifrável, exceto aos seus parentes de adoção, e seu único explícito codicilo, a chave da porta dos jardins, que oferecesse à imperatriz.

Então, sobre seu leito de sesta, ele afundou obliquamente a navalha na lateral do pescoço e começou, ereto sobre os quadris e a garganta enrijecida, a balançar para a direita e para a esquerda a nudez de seu crânio e a transparência de sua face que já deixava ver dentro a morte, imitando um verme que sobe para fiar. E a seda obtida do sangue da artéria, por esse movimento de lançadeira, teceu sobre o corpo subitamente senil e as almofadas brancas como uma barba sua mortalha de púrpura.

Então o corpo, amortalhado de amianto, foi transportado para o espaço sem árvores — sem outras árvores além dos troncos mortos da fogueira de sândalo cujas dríades exóticas haviam precedido seu mestre nos infernos amarelos. A chama fechou todos os seus dedos sobre o cadáver velado, que pareceu um ovo de ouro, como o casulo escurece até que seu hóspede, nas últimas, adormece mumificado na sala mais recuada, onde ele sabe que chegou, de seu labirinto. Depois ela se abriu e desapareceu alta e suntuosa como o sopro exalado, o sopro inalado, o sopro dispersado, o sopro elevado e o sopro reunido de todas as árvores, de todos os livros, de todas as estátuas e das pedras preciosas e dos tecidos, e ergueu-se como todo o Oriente captado sob o crânio amarelo e o ventre inchado do Asiático.

E sua envergadura surgiu claramente como a de Fênix, que é um pássaro verdadeiro já que pudemos vê-lo no Egito (o último pássaro fênix nascera sob Tibério), e como uma alegoria do renascimento das artes conforme os ciclos astronômicos, já que os sábios calculam os períodos onde se queima e ressuscita. As longas unhas da chama fora de seu estojo seco levantaram sobre um broquel — assim as penas dos pássaros eriçam-se no tempo do amor — a bolsa de amianto inchada de vazio, de poeira de osso, e de alma, e a vertigem de plumas fabulosas tomou-o e levou lá para cima, segundo o rito, *o corpo de seu pai* rumo ao sol oriental.

VI

O PRÍAPO DO JARDIM REAL

Oriens murrhina mittit. Inveniuntur enim ibi pluribus locis, nec insignibus, maxime Parthici regni: praecipua tamen in Carmania. Humorem putant sub terra densari.
C. Plinii Secundi *Nat. Historiae liv.* XXXVII, 8

A escada, cuja espiral desenrolava-se como na direção de um quarto ainda mais secreto e fechado, partia-se de repente no pico de uma colina baixa, de onde saiu, assim como uma língua, Messalina e seu casaco de púrpura, fora da escotilha, por entre o deserto do jardim.

Ela não se surpreendeu mais com a mudança do que com suas passagens, que só tinham uma dupla porta a transpor, de seu quarto de dormir do Palatino, todo fresco de sua sesta, ao tumulto solar do Circo Máximo.

A colina entalhava-se, sem prevenir os passos, em uma fenda imensa e que se descobria — escrutando nela a beirada bem distante, de onde ela voltava no momento em que se acreditava perdê-la — côncava e que faria pensar em uma cratera, se essa cratera não fosse mais para oval que circular, e de qualquer ponto parecida com um anfiteatro.

Era o hipódromo de Lúculo.

E como o comprador moderno, num subúrbio, de um parque pequenininho, deixa secar, se ele tem outras preocupações, a bacia dos peixes vermelhos, o Asiático não prestou nenhuma atenção àquela poça atrás de seus bosques, e pela mesma negligência que teria permitido às ervas daninhas emaranharem ali sua rubrica, ele havia abandonado a arena a perder de vista do oco do circo de cem mil lugares, ao capricho ordenado dos jardineiros.

E estações e estações haviam renovado corridas de charruas trigas e quadrigas, antes que elas tivessem acabado de levantar a antiga areia de cristal misturada à terra negra de seus sulcos. E segundo o ensinamento de Homero, em imagens sobre o escudo de Aquiles, depois de cada curva de traços paralelos em torno das duas balizas de pórfiro verde cobertas por dois ovos de ouro, o *auriga* trabalhador esvaziava uma grande taça, no fundo da grande taça do circo.

E como se grava danças de mulheres e de deusas na borda de taças e crateras, Messalina corria, à procura de uma descida sem vertigem, ao longo da borda dos degraus superiores da escada gigantesca, da qual cada degrau circular era, à medida da queda do olhar mais distante no abismo, uma coroa menor, a última circulando ainda a fronte prosternada da noite, baixa demais para que a imperatriz pudesse descobrir se era tão justa à sua quanto uma peruca de cortesã.

A lua estava em seu apogeu, mas não mostrava mais sua face ao céu, e eram nuvens brancas, que estavam inchadas com o leite da lua, de quem a luz sob um véu molhava a margem extrema do anfiteatro, dando-lhe cor de marfim ou de osso.

E Messalina compreendeu com uma crescente certeza que ela devia descer, e que o lugar mais precioso do jardim só podia ser aquele, onde convergia a escada centrípeta, na direção das misteriosas profundezas sem dúvida da fogueira do Asiático, seguramente do templo do deus!

E UMA COISA sugeriu-lhe, mais imperiosa, sua rota, mas barrou-lhe por um tempo com um horror esplêndido de prodígio.

Em todos os lugares do anfiteatro de cem mil lugares, na imobilidade fascinada de espectadores indistraíveis, segundo a hierarquia das ordens sobre as cadeiras do povo, dos soldados, dos cavaleiros, dos magistrados e das vestais, erguiam-se *múrrinos* na contemplação, abaixo deles, da arena obscura.

Os múrrinos, segundo Plínio, são um humor cozido da terra como o cristal é um humor gelado.

São pedras preciosas do Oriente (os mais belos vêm da Carmânia) com que se fazem taças ou travessas.

Suas cores são a púrpura e um branco opaco, que torcem seu sangue e seu leite no meio de um fogo.

Eles são perfumados, e seus vícios mais frequentemente valorizam-nos com sinais e verrugas sésseis, como em uma pele humana.

Ainda que Propércio (IV, v. 26) fale "de copos múrrinos cozidos nas lareiras partas", o que evocaria grés queimados ou pastas de vidro, ou, segundo a hipótese de um historiador contemporâneo, um tipo de porcelana da China, consta que a matéria dos múrrinos é obra da terra e não dos homens: são taças escavadas diretamente em uma pedra, muito parecida com a ágata, que chamamos hoje fluato de cal ou fluoreto de cálcio.

Eles estão entre os mais estimados de todas as gemas, pois o único múrrino onde bebia Cláudio havia custado ao imperador trezentos mil talentos, ou seja, um milhão quatrocentos e setenta e seis mil francos.

E sem que o Asiático houvesse reparado, sob a poeira cultivada dos adubos secos e das teias de aranha das flores raras, que lhes faziam vestimentas e barbas, eles floresciam desde que Lúculo (Nero reproduziu no teatrinho transtibriano de suas crianças imperfeitamente este fausto) havia construído toda a extensão de seu hipódromo para servir de cristaleira para seus múrrinos.

Sua mancha de fogo, que se desloca com a luz como a estrela de safiras estreladas, estava nesse instante imóvel, e com sua massa espessa (muitos atingem a largura de uma mesinha de canto) em equilíbrio sobre um pé de ouro, eles estavam ali reunidos e lançando olhares furtivos, companhia de pássaros ciclopes sobre uma pata.

E infatigavelmente, em direção ao espetáculo silencioso em que representa o papel do coro a noite negra, seu fogo abre os olhos de cobiça ou bocas ávidas para beber.

Então Messalina, a quem a pausa de seu estupor deu um ímpeto à corrida terrível, saltou do alto das arquibancadas como um bicho através das formas sem preço, enganchando o voo de seu casaco às garras de ouro, derrubando esses outros bichos que eram joias, e os que rolaram acompanharam-na de degrau em degrau, gemendo alegremente por sua fenda e por chegar, como a imperatriz, com um sexo de mulher na presença do deus!

A última arquibancada que ela transpôs limitava-se à frente por um *podium* que era uma cerca viva de zimbros das margens do Amor e do Psitaras; grandes margaridas azuis (cor primitiva dessas flores do país de Sères), mais altas que homens, mais espessas que os colmos de um campo de trigo, cobriam uniformemente a arena horizontal; e, como os braços de uma estrela em alamedas regulares guiando os olhos de Messalina em direção ao centro, mas onde seu pé estava apoiado sem afundar por elásticos pecíolos, tulipas insondáveis e amarantos infinitos imitavam os múrrinos, uns a forma, outros a imortalidade.

E no centro da arena, ou se quiserem em um dos fogos de sua superfície elíptica, alguma coisa como um ovo enorme, mais imaculado que em sua nuvem de leite a lua, liberava imperceptivelmente; e Messalina desemaranhava ali uma cabeça que repousava entre as flores pela nuca sobre uma almofada de cabelos louros, duas mãos passadas entre as coxas e crispadas sobre ancas fulvas, e dois pés mais curtos que cascos de cabra cruzados atrás dessa mesma nuca.

Os olhos de Messalina brilharam de triunfo; e em toda a sua volta até o cimo em corbelha da colina de pórfiro verde, e a seus pés, abaixo do desafio de seus olhares, as estrelas de fogo dos múrrinos — alguns rachados e abertos aqui e ali sobre o gramado de margaridas azuis, sempre-vivas e tulipas, os outros em seus lugares, semelhantes a cogumelos de guarda-sol revolvidos por um sopro dos abismos ou por querer demais desabrochar — abrem os olhos de cobiça ou bocas ávidas para beber.

E ela viu o múrrino do camarote imperial.

Ora Lúculo, farto de toda substância potável, até ouro, antes que tivesse ousado o veneno, preferia a beber morder o vinho mais espesso da preciosa pedra de Carmânia.

Os múrrinos corroídos tornam-se mais inestimáveis.

E agora era a baixa e larga taça recortada, ostentadora herdeira dos dentes do mestre como uma cera atesta-se viúva do carimbo, que, pela sua sombra, cuja projeção do alto do camarote imperial amplificava a envergadura de morder, comia a confusa silhueta humana fundida na bola branca do beijo de Narciso, em todo seu perfil de anão coroado de crenas.

Dessas mordidas, a da própria boca do homem nu enrolado entre as flores foi a mais longa, mas Messalina interrompeu-o, pois começou a estender a mão que escorregou sobre os pelos de suas costas e trouxe a ideia de um toque parecido às plumas do papo dos pássaros noturnos. Ele expandiu seu peito, onde seu queixo sobrecarregado havia imprimido uma mancha rosa, seu ventre e suas pernas de Pã; e toda a sua estatura revirada se distendeu, os pés juntos no ar, os braços e a cabeça ainda sobre seu pedestal de flores. Então seus pés, preguiçosamente, desceram novamente atrás de sua cabeça e ali se posicionaram, e ele fez, com uma doçura sucessiva, estalarem todas as suas articulações pela segunda vez, mas de pé em uma postura natural; e pétalas de margarida choveram de seus cabelos, em desordem sobre seu rosto, e de sua barba curta.

A imperatriz reconheceu na face do deus os traços do mímico Mnester, antigo íntimo de Calígula, célebre, e que ela havia aplaudido no Circo.

E, segundo o rumor público, mais para amante de Popeia que o Asiático.

Mas ela não deixou de acreditar que estava realmente na presença do deus.

E ficou feliz pelo deus estar mais apaixonado por seu próprio corpo do que pelo de Popeia.

O deus de pé deu alguns passos desajeitados ao acaso, como cambalearia um homem que, pela primeira vez, tentasse ficar de pé, imitando Mnester, com a cabeça para baixo; ou talvez como fizeram os deuses nos seus primeiros passos sobre a terra; e Messalina estendeu as mãos, menos por curiosidade ou desejo que por gesto de se afastar de um corpo que cai.

E como o próprio Príapo, ou um malabarista acrobata, cansa-se ao fim de sustentar em equilíbrio uma grande árvore — o sexo do deus caiu entre as mãos da imperatriz.

Foi tão brutal e tão pesada e tão assustadora a presença real de Fales, que Messalina fugiu, numa corrida enredada nas flores, pela pradaria de pétalas rosa, enquanto Mnester, seu corpo longo ondulante com a mesma reptação de uma lampreia, essa sanguessuga bastante monstruosa para ser bela, mais pálida que o marfim, ia se esconder no templo próximo de novos amarantos, com lentidão, como um demiurgo gira um mundo.

E Messalina não o viu novamente, até o Circo.

Pareceu tão impossível à imperatriz subir antes do amanhecer as arquibancadas do hipódromo iluminadas de múrrinos quanto escalar um firmamento cravejado de ferro vermelho.

E errando, ela atravessou um espaço sem flores e sem árvores que era o segundo centro da arena em elipse, ... *que havia sido o segundo fogo*: pois uma pequena coisa estalou sob seu calcanhar, com um barulho infinitamente menos perceptível que a fissura das taças múrrinas, uma pequena coisa que espalhou, quando ela a tomou, uma fina poeira de sombra; ela não soube se era o crânio de uma papoula ou essa cápsula de marfim cuja fogueira preciosa havia, melhor que os dedos de polidor sérico, elaborado a fragilidade: a cabeça do Senhor das Árvores.

VII

ELE DANÇAVA ÀS VEZES À NOITE

Saltabat autem nonnunquam etiam noctu.
C. Suetonii Tranquilli, *C. Caligulae* LIV

E no primeiro dia das calendas seguintes, as de agosto, na festa que celebrou o aniversário do nascimento de Cláudio, o quinquagésimo oitavo, no teatro de Calígula ou, melhor, sobre um palanque ao pé do obelisco em granito rosa de Caio, talhado por Nuncoreu, filho de Sésosis; no meio do circo de Caio no Vaticano, que se tornou o circo de Nero; ao som de flautas, do hidraulo e dos escabelos pneumáticos, quebrando enfim o silêncio das flores, Mnester apareceu.

Ele estava vestido com uma trama de escamas de ouro, com figuras de crescentes que tinham uma ponta entre seus dois chifres, como caninos de alto a baixo sobre todos os lugares de sua carne, ou marcas de beijos. Uma maior meia-lúnula de ouro pendia de sua orelha esquerda, e parecia um cacho de seu cabelo chamuscado por um erro do calamistrador; uma outra sobre seu rosto, desenhando um franzir de sobrancelha; e uma muito larga que lhe servia de *subligar* sexual fazia o papel de uma máscara imitadora da face que ela enfeita.

Como o estalo de uma mais ampla cota de malhas ou a ressaca da armadura do mar, os aplausos fizeram erupção em volta dos passos de sua entrada, e de baixo ao alto dos três andares de arquibancadas, desde os bancos dos senadores até a imensa coroa feita de plebe, encheram o circo até a borda.

O povo não precisava mais se lembrar que no tempo em que batia as mãos mesmo molemente na presença do favorito de Caio, a direita brutal do imperador sobre a bochecha do negligente levado pelos guardas ao camarote imperial continuava suas homenagens sonoras enquanto ele repousava sua palma esquerda.

Por essa razão entre muitas, e sem que nos tenha sido possível descobrir se Mnester tinha talento, o povo romano não podia ficar sem seu mímico.

Do alto do camarote imperial, Cláudio agitava a cabeça nervosamente, e suas mãos chocavam-se com tanta ação que um dado esguichou do chifre de marfim incrustado no anel de seu dedo médio. E Messalina dominou o tumulto com um estalo de seus lábios.

Mnester respondeu a todos com um único sorriso de sua boca, tão carminada que estava preta; e, por um motivo, uma bainha rosa morria ou nascia em volta, como a penumbra cerca a sombra.

Ele estava anunciado este dia como *exodiário*, o único ator da farsa licenciosa dita acessória, que era costume representar depois de uma tragédia, ou, melhor, de uma atelana, ou em seus intervalos. E o circo estava embasbacado com grande curiosidade, pois a dança lasciva e bufona criada pelo mímico devia representar o espasmo doloroso do herói o mais horrivelmente trágico, Orestes entre as Fúrias.

Os últimos aplausos se espaçaram, saltaram de lugares diversos, até a calma, ao mesmo tempo que a superfície da brilhosa túnica recuperava seu equilíbrio.

Mas, no centro de um espanto, Mnester ficou imóvel até se confundir com os dourados, onde ele se encostava, do pedestal rosa do obelisco de Caio, e por tanto tempo que o ritmo ternário das flautas e o bramido molhado das eolípilas do hidraulo, que preludiavam à sua dança, imitando o bater de mãos, atenuaram-se e esperaram.

Ora, como o povo espera mal quando não entende, um ronco mugiu de novo no funil do circo, murmúrios, gritos e injúrias.

O obelisco rosa, com a figura de ouro de seu pedestal, atravessava implacavelmente tudo isso.

Arrebentando contra esse farol que trazia ao pé sua lâmpada, os assovios e as palavras cadenciaram e tomaram uma forma, que saltou em assaltos sucessivos de bicho pelo circo:

— Dance, Mnester!

Então Mnester avançou até a beirada do palanque, e com o gesto fatigado de um dorminhoco ao sol que se estira fora de um zumbido de moscas:

— Desculpem-me, não posso: *eu acabo de estar na cama com Orestes.*

E estirou-se de novo sobre sua cama vertical.

Em um meio silêncio de sussurros, os médicos e filósofos e Cláudio estimaram que a fala do mímico exprimia engenhosamente o esgotamento da criação de um prodigioso papel; o povo e Messalina, apaixonados demais para procurar tão longe, levantaram-se, o povo xingando com ameaças César e apontando *Orestes,* que já acreditava adivinhar o rumor público: Messalina, a raptora de carregadores, de atores e gladiadores, que opunha aos clamores o escudo frio de seus olhos impudentes e impudicos.

— Senhores — balbuciou Cláudio, segundo seu costume de interpelar nesses termos os cidadãos romanos —, não é culpa minha; eu não tenho relações com ele, por mim eu quero que ele dance, Senhores.

— Dance, Mnester! — retomou a multidão, retransferindo a ordem de seus desejos para o mímico.

— Orestes, são todos estes aqui, eu bem sei, mas dance, Mnester, o que você quiser, para mim, eu te suplico — arrulhou Messalina.

— É do agrado de minha mulher e do Povo e eu te ordeno que dance — disse Cláudio.

— Eu dançarei — disse Mnester lentamente. César e mulher de César, por medo de mil golpes de chicote dentre eles uma mordida de boca.

E foi assim que para celebrar o aniversário do nascimento de Cláudio, o quinquagésimo oitavo, no teatro de Calígula ou, melhor, sobre um palanque ao pé do obelisco de granito rosa de Caio, no meio do circo de Caio, ao som das flautas, do hidraulo e dos escabelos pneumáticos, Mnester dançou.

A túnica de escamas de ouro fremiu ao sol como o vento eriça a espinha de um rio.

Todas as partes de seu corpo macio têm ar de jogar umas com as outras, e cada uma, onde quer que ela vá, é seguida amorosamente por um pedaço de sol.

E pela primeira vez, desde que as mímicas haviam começado, sob Augusto, a ilustrar pelo gesto uma poesia cantada por um coro ou por uma única voz, foi a própria voz do mímico — diriam um murmúrio mais surdo dos adereços de sua dança — que cantou.

Um murmúrio mais surdo: sua voz é menos uma voz, tanto ela é grave, que o som da trompa dos escabelos, essas solas ocas do bailarino, de onde cada salto expulsa o ar sobre uma nota única; ou o gemido das entranhas da terra respondendo à vibração do *instrumento de muitas cabeças*, o órgão hidráulico do circo, movido pelo vapor da água, inventado pela deusa Palas, construído em forma de altar por Píndaro Ctesíbio de Alexandria, descrito por Píndaro o poeta, Heron, Claudiano e Vitrúvio; *imitado*, disse Cornélio Severo, por Etna, e sobre quem Nero fez voto de se fazer ouvir, um dia em que caísse em perigo de morte.

O mímico cantou:

— *No meio do seu circo, Caï, eu danço.*
Eu danço ao sol.
Num esplendor igual,
Ó meu belo ídolo pintado, você surgiu sobre uma biga cheia de trovões,
E sua boca bebia o relâmpago
Da barba de ouro do cocheiro ruivo!

Então, novamente, você se embalou em seda púrpura sobre essa ponte que fez do mar a terra,
Em Baules,
Iluminando o abismo de sua clâmide de pedrarias da Índia.
Seguiram o mergulhar de seus reflexos milhares de homens
Que se amontoaram para vê-lo.
A morte deles foi para você libação de taça cheia
Do lugar de falésias em crescente de lua.

Você trouxe o grande triunfo
Sobre a areia do mar, essas inumeráveis legiões,
Pois para o grande triunfo são suficientes alguns cinco mil inimigos que lá ficaram;
E vestidos legitimamente com a toga palmata,
E corretamente você elevou a Torre ardente de doze andares em sua memória.

Em Bolonha,
Por ter feito prisioneiras todas as conchas do rio
Pelos seus gauleses de alta estatura, de cabelos avermelhados à germânia,
Seus belos gauleses de corpo triunfal.

Você perseguiu com sua justa cólera
Os judeus alexandrinos
Que preferiram a você seu deus sem nome.
Ora, Deus tem um nome
Pois ele se chama CAIO.

Ó como sua mão sobre a face daquele que não teria aplaudido minha dança,
Sua boca sobre minha boca no meio do espetáculo interrompendo minha dança!

— Ele fala de Caio — resmungou Cláudio. — Já não me lembro bem se eu proibi reviver a memória desse morto... Sim: eu me opus a que o Senado o acusasse de infâmia... mas durante a noite fiz desaparecer todas as suas estátuas!

— É Apolo e Orfeu — disseram vozes no meio do povo. — Se abríssemos os cárceres, os animais, soltos pelo circo, deitar-se-iam...

— Povo, deita! — gritou Messalina.

E Mnester continua a ondular e a se deslocar, e o *barulho* de sua voz surda é como um rolamento de engrenagens preciosas e terríveis, e sempre cada parte de seu corpo, por onde se extravie, é seguida amorosamente por um pedaço de sol.

Ele faz malabarismos com os fragmentos do sol.

Cláudio, que adora os bons mímicos, a tal ponto que ficava sonhando diante do palco vazio enquanto o povo ia jantar, perdeu toda lembrança até de Públio, o Sírio. Inclina-se para aplaudir na beira do camarote imperial, e a luz da tarde quente desenha seu longo pescoço e sua cabeça, que, como de costume, treme um pouco, com uma oscilação de canícula sobre a vegetação ou como essas bonecas, oscilantes nas portas, que haviam sucedido, desde Hércules, aos crânios humanos suspensos em honra de Saturno, sobre o Capitólio, o monte que lhe é dedicado.

— É Orfeu, por Augusto! — disse ele com o povo. — E é Anfião, e uma Tebas vai se construir em volta da lira de seu corpo, onde os sete planetas vão descer a fim de entrar por suas sete portas!

Não se compreende mais o canto, que rasteja rente ao chão, menos alto que um estertor felino: pois o mímico, depois de *um salto e meio* perigoso, caiu novamente sobre as mãos, em postura de cubista, as escamas de ouro, reviradas, separam suas folhas; as lúnulas polidas não refletem mais do que a sombra; a luz e a vista beijam Mnester todo nu pelas entremalhas, e o subligar vira-se como se levantasse uma viseira.

O murmúrio faz-se outra vez canto, muito distinto, tanto mais que os escabelos calaram-se:

— No meio do seu circo, Caï, eu danço com o sol.
Assim, querido morto, SOB OS MEUS PÉS, LÁ NO ALTO
Alguém joga dados com os seus ossos.

O mímico salta sobre um só braço com impulsos enormes sem interromper nem atrapalhar seu surdo lamento; e ei-lo que se vira muito rápido e cada vez mais rápido sobre sua mão, aberta à terra, que brilha toda branca na sombra redonda de seu corpo vertical, como uma estrela caída.

Não é natural que um homem faça tantas coisas com seus ossos, sem quebrar os ossos.

Nem que ele pudesse desmontar o sol e espalhá-lo em dúzias de pequenos espelhos sem acabar demolindo o sol e não mais saber como remendá-lo.

E como o ronco crescente de um pião de bronze, a voz se fez estrídula e enorme:

— Ao pé de seu sexo, Caï,
Eu vou dançar como dançava Caio!
Ele dançava comigo neste circo, em seu circo, ao sol,
Comigo e com o sol.
E também:
Ele dançava às vezes à noite.

Caio, o ídolo de ouro e de pedras preciosas,
Caio, o amante da Lua,
Caio, mais pálido por força do amor que o astro pálido,

Ele dançava às vezes à noite!

Mandava apagar todas as tochas e ele mesmo, porque isso ele era forçado, só ele mesmo podia fazê-lo...

Mnester não canta mais, mas fala, para si, e numa atitude de meditação ele cruzou os braços e inclinou a cabeça sobre o peito, e é sobre a nuca agora que ele gira, como as órbitas inertes dos astros sob seus pés juntos, lentamente, como desde eternamente.

—... Ele despendurava os astros do céu, ele era suficientemente flexível para se estender até os astros do céu, *ele apagava as tochas do céu*, ASSIM... e então...

ELE DANÇAVA... ÀS VEZES... —

E nesse minuto pararam de ver a dança.

O circo preencheu-se de noite súbita, de tumulto e de horror.

Um disco negro mordia diretamente o sol, até não deixar mais que um crescente vermelho, como *a penumbra* dos lábios de Mnester e as mil malhas, em crescente também, subitamente púrpuras de sua túnica, bebedora da carne sideral com toda a insondável gula que têm os espelhos. O astro carbonizava à maneira de uma lâmpada que vai se apagar.

— É o aniversário de César! Esse César de mau agouro é causa do prodígio! E, aliás, foi ele que forçou o mímico a dançar! Morte a César! Morte à sua puta! Caio saiu dos infernos!

Esses gritos e mil outros gritos se debateram, após o longo minuto de estupor, nas dobras da sombra assustadora.

A música foi abafada com o sol, exceto um dos tocadores de flauta, que, tendo ficado subitamente louco, soprava a perder o fôlego a mesma nota hiperaguda quase sem interrupção; e a trombeta prodigiosa do órgão a vapor que chafurdava a pés de elefante cego no seu automático, alegre e insuportável ritmo ternário.

Na borda superior do circo, justo através do camarote imperial, piscava um último raio vermelho, que fazia mais precipitada ainda a sacudida habitual da cabeça de Cláudio, como se a tivesse apontado, supremo destroço dos olhares naufragados, para o desespero furioso da multidão.

Os espectadores não pensavam mais no mímico, a cortina da noite desenrolada.

Nos restos da luz imperial, os olhos de Messalina, sós, mais negros que dois carvões apagados, estavam fixos, e sobre nenhuma outra coisa, sobre a sombra indestrutível do fundo do circo — onde se concluía o último gesto, e o mais silencioso, da dança de Mnester.

— Senhores — começou o balbucio de Cláudio, e todos os seus dentes (ele tinha falsos) estalaram como trinta e dois dados em um chifre sangrante; mas pelo paroxismo de seu medo seu tremor acelerou-se até a jectigação das sibilas. Ele não gaguejou mais, e, endireitando-se, apontou sua cabeça à multidão penteando resolutamente a última coroa do sangue do sol:

— Escutem, senhores! — clamou ele de um só fôlego. — Sou eu, César, imperador, deus, *áugure* e versado em todas as ciências matemáticas, até a música e a astronomia, que fala. É O ECLIPSE! A Lua, senhores, que como vocês sabem faz sua volta abaixo do sol, que ela o faça imediatamente abaixo ou que Mercúrio e Vênus estejam entre os dois, move-se em longitude como este astro... Nenhum de seus filhos, nobres senadores, terá voltado da Etrúria dignamente instruído em nossa imemorial e sagrada doutrina dos harúspices, e não saberia decifrar, como as das vítimas, as entranhas do céu? Não há nenhum perigo! Esse mímico não é um astrólogo!... A lua se move em longitude... Não se aproximem, e escutem! E aliás Agripa expulsou os caldeus e os astrólogos da Cidade! Mas a lua, prestem atenção nisso, tem ainda um movimento em latitude, o que não pode o sol!... Permaneçam tranquilos, Senhores!... E assim ela passa na frente e o oculta com sua sombra! Foi sob a questura do meu pai Druso que Augusto proibiu os astrólogos de predizerem a morte de alguém! Retomem seus lugares! O eclipse só deve durar meio quarto de hora, nem há necessidade de acender tochas! A lua vai soltar sua venda do sol!

Cláudio caiu novamente, despossuído da auréola escarlate, sobre as almofadas de seu camarote, e estacou a pequena espuma de sua boca com o lenço de Messalina.

O sol retomou seu lugar, como todo mundo, e mirou-se mais uma vez, como a imperatriz, para ver se não estava ainda vermelho demais, com a fulgurante poeira da arena esfíngica.

Mas quando os espectadores entreolharam-se, vinham de tão avidamente fixar o astro reaparecido, que no lugar de cada cabeça, uns dos outros, não perceberam nada além de manchas negras, e todo o Circo pareceu povoado de negros.

Alguma coisa havia rolado abaixo do palanque do teatro, e ocultava ainda a luz no chão: uma bola tão perfeitamente redonda quanto o disco de um planeta caído, o corpo inextricavelmente *enrolado* de Mnester ao fim de sua dança. Ora *enrolamento* é um termo astronômico, *"glomeramen"* — fez observar não sem pedantismo o médico Vécio Valente quando, por ordem de Messalina, levaram preciosamente o mímico ao palácio dos Césares, ao som, o povo tendo ficado alegre novamente, das flautas e do hidraulo — que se diz da libração da lua.

E esta noite, quinquagésimo oitavo aniversário do nascimento de Cláudio:

— Claudinho, meu marido, imperador, deus — disse Messalina na cama, recusando-se como ela gostava de fazer até a resposta favorável a qualquer paradoxal capricho; César, áugure, homem tão versado na música e sobretudo na astronomia: *eu quero* A LUA.

SEGUNDA PARTE

OS ADULTÉRIOS LEGÍTIMOS

I

SOB AS LÂMPADAS DE DIANA PERSA

Siquidem Latinarum feriis quadrigae certant in Capitolio, victorque absinthium bibit.
C. PLINII SECUNDI, *Nat. Historiae* liv. XXVII, 28

— Ele não está mais desacordado, mas continua imóvel e não fala — disse o médico, entrando na gruta.

Essa gruta era o mais fresco triclínio da casa de verão de Lúculo, a sala subterrânea e submarina da Diana persa Anaitis, mais frio que a caverna, casa rústica de Tibério em Terracina, de onde ele passou sem transição aos gelos do ferro e da morte. Estava revestida de couros inteiros de vacas do Eufrates, ao flanco das quais, no lugar de lâmpadas sagradas, queimava um vidro, claro das águas salgadas do Tibre que roncavam atrás das paredes a partir da arte de Lúculo, arquiteto de aquedutos a ponto de ter sido proclamado o Xerxes romano.

— Mais que em seu templo de pórfiro e sempre-vivas — sonhou Messalina —, o deus fecha para mim sobre o arcano de seu coração seu punho. — Claudinho — disse ela —, o mímico Mnester recusa-se a me obedecer em uma coisa!

Cláudio não respondeu a princípio, a orelha no rangido das janelas de cristal: garrafas de vinho tão centenário que uma carapaça de coral fazia crer que estavam estripadas, rastejavam sobre as patas de caranguejos ou dúzias de asinhas ventrais, remexendo um vertiginoso asco, de límulos cujas costas revestidas de cera selavam seus gargalos. Depois o vidro repercutiu o ronco de um tambor de Taprobana, e um mergulhador, vestido com uma pedra entre as coxas, desceu para colher ostras de Burdigala, o feiticeiro músico protegendo-o, durante o mesmo tempo em que ele retinha seu fôlego, da vigilância do tubarão-guarda do parque circular.

— Que coisa? — disse Cláudio.

Mas o pensamento de Messalina havia se interrompido de respirar com o mergulhador; e o copeiro, que era um soldado, aproveitou essa distração para dissolver um novo fragmento de Falerno na água quente da taça do imperador.

Cláudio bebeu, e sua bochecha se empurpurou, desenhando pálida a cicatriz do golpe de buril.

— Fui eu que renovei o costume em desuso de escolher os atores entre os escravos! E Augusto, se restringiu o direito de castigar os escravos, manteve-o para os histriões! O mímico tem que lhe obedecer, Valéria, em todas as coisas!

Um estalo mais formidável prolongou o tremor da ordem de Cláudio: assim como os couros curtidos eram a epiderme da sala em volta das janelas até a abóbada — curtida de casacos e de rostos, cintilando com olhos mais bestificados que a pupila de jade das vacas e o raio das lanças, a parte de baixo das paredes estava revestida de soldados.

Pois, desde os primeiros atentados, e os imaginários, contra sua pessoa, o imperador não *se deitava* mais para uma refeição sem que o exército fizesse parte de seus talheres.

A uma ordem da imperatriz, com a aprovação de Cláudio, um lictor saiu na direção de Mnester e voltou, tarde, suas varas sangrantes e quebradas.

— Ele não fala, abaixa-se e rola — contou o lictor.

— Deve estar enfeitado agora com uma treliça de pequenos crescentes de sangue, como quando eclipsava o sol, ambos no Circo — disse Messalina.

E sua língua foi em sua memória uma milésima primeira lúnula vermelha.

— Ele se recusa — disse Vécio Valente, que bebia sobre a terceira cama, de frente para o imperador.

— E você afirma tê-lo escolhido entre seus escravos! — exclamou ela.

Mas Cláudio acabara de adormecer, sua bochecha com a cicatriz sobre o cotovelo; e acima da pequena mesa de tuia, em seu meio acordar quando sua mulher lhe falou, tudo o que pôde seu gesto foi agitar e virar sua grande taça: coágulos de escarlate rolaram e mancharam as três camas e a passagem dos escravos.

Messalina virou-se, sobre seu leito, para o médico:

— Um filtro seria mais eficaz do que varas e sangue a coagir ao amor aquele que só ama a si mesmo, assim como a virgem Ártemis despreza todo o céu para recurvar um para o outro seus dois chifres? Tenho certeza agora de que é um deus que me possui e não um histrião escravo em quem eu mandei bater! Você sabe conjurar os deuses, doutor?

— Ártemis, você diz? — disse Valente, sem quase interromper-se de beber. — *Artemísia*, o absinto, é ele próprio um filtro. Ártemis, Lua, Febe, tripla Hécate! Há três absintos: o dos gauleses, o *santônico* dos cabelos dourados; o *pôntico*, de Pont ainda mais para o Oriente onde os bichos engordam, o que faz com que os encontremos sem fel, da mesma forma que contemplamos a luz do rio através do fígado das vacas, abertas como aquelas, cheias, cujos fetos a grande vestal queima no dia das Palílias, Valéria, e é o melhor: o da Itália é mais amargo...

— Não estou pedindo um hipômano para um touro, mas para Príapo, deus! — disse Messalina.

— ... O absinto marítimo, o *serífio* de Taposiris no Egito, do qual um ramo seguro pela mão ou a beberagem com azeite e sal inicia nos mistérios de Ísis! Uma libra de pôntico fervida em quarenta sesteiros de mosto até a redução de um terço, da mesma forma que se faz o vinho de hissopo...

— Esses vinhos aromáticos são perfumes — disse Messalina —, só uso em meus cuidados pessoais.

— Os perfumes têm virtude de filtros, lembre-se. Lembre-se do meu *ftório* de Tasos, onde juntei a escamoneia e o helebórico do heléboro negro, esses abortivos com os quais a enfeitei mais suntuosamente, minha amante, que se essências de flores ou de pedrarias, essências da terra, tivesse eu comprado para você por todos os oitenta talentos que me vale um ano consagrado a curar ou a lhe obedecer. Criei o ftório semeando a virtude das plantas em torno da raiz das vinhas! E macerei para você, com artemísia e mel, emenagogos. E combinarei para você um filtro, insuspeitável e irresistível, de amor para o próprio deus do amor, se o favor do deus amadurecer minha vindima!

— É muito demorado: o deus estará morto, ou ficarei apaixonada por um homem ou por um asno, e o meu amor não espera estação — disse Messalina.

— Você pode dissolver a artemísia, um dia e uma noite, na água de chuva salgada, e é esse mesmo absinto do qual uma taça, em nossas antigas festas do Lácio, era o prêmio supremo das corridas de quadriga ao pé do Capitólio, o prêmio acima da coroa de ouro! Porque na água ele é saúde soberana e clareia a vista, ainda que no vinho, para dizer a verdade, ele cure dos venenos da cicuta, do dragão marinho, do musaranho e do escorpião! E cheirado ele provoca o sono, e também se você o introduzir sob a cabeceira de Mnester, sem seu conhecimento!

A imperatriz, mal havia colhido as últimas fórmulas, já havia fugido da loquaz presença do médico bêbado.

— E escreverei para você o resto das propriedades do absinto — soluçava ele entre os roncos de Cláudio — com a tinta do absinto, e se você não quiser lê-las, a posteridade as lerá, pois a tinta do absinto é à prova de ratos!

Após um dia e uma noite, em que choveu uma chuva quente e dissolvente como choros de alegria, sob a qual Messalina fez colher a planta e compor o filtro:

— Ele bebeu? — perguntou Vécio.

— Ele bebeu — disse Messalina, radiante e furiosa com uma nova volúpia e um ultraje inédito; — Ele bebeu, docilmente, a tal ponto que não é Fales, nem Mnester, mas uma criança pequenininha em seu berço, que esqueceu sua divindade, que esqueceu de si, em mim!

— O absinto infuso um dia e uma noite na água de chuva é, com efeito, emenagogo para as mulheres, mas para os homens, diurético — sentenciou gravemente o médico Vécio Valente.

Aconteceu que o povo não tardou a ranger novamente em volta do palácio dos Césares, por causa de seu mímico sequestrado. E Messalina, como se tivesse lançado à rebelião punhados de ouro, com as moedas de bronze de Caio, de quem o Senado acabara de votar a fundição, fez circular as estátuas de Mnester, em profusão por todo o império.

E essas efígies, semelhantes a ovos de ouro, perpetuavam o gesto do Narciso dos jardins e o astro do teatro de Caio.

E as escavações modernas exumaram um de seus cubistas de bronze na piscina de Capreia.

Vécio Valente examinou com interesse o retrato de metal:

— Então, aqui é Fales?

— Ah, sim — disse Messalina —, era uma criança bem pequena mas era, sim, a presença real de Fales. Fales, Príapo, o deus do amor, é uma criancinha pudica brincando de esconder atrás de uma árvore, a qual leva para toda parte com ele.

— E para um asilo mais secreto, ele encontra a mulher do mais terno alburno — brincou Vécio.

— Era mesmo Príapo, eu o vi — repetia obstinadamente Messalina.

— Para nós de agora em diante, pela indiscutibilidade de um testemunho ocular — concluiu o médico —, Príapo é um homem frio.

II

O MAIS BELO DOS ROMANOS

C. Silium, juventutis romanae pulcherrimum.
C. Cornelii Taciti, *Annalium*, liv. XI, 12.

Sem dúvida por haver multiplicado as semelhanças de Mnester, Messalina se deu conta um dia de que elas tinham apenas um modelo; e não é do caráter de nenhuma mulher hesitar muito tempo entre um deus único, seja ele do amor, e um número plural de homens.

Apaixonou-se então ardentemente por um jovem patrício, C. Sílio Silano, cônsul designado, o qual, ao curso do processo dos cavaleiros Petra, após a morte de Popeia, havia a emocionado com sua eloquência a exaltar a honra antiga dos oradores (o que era a esta data o mais em voga dos lugares-comuns oratórios), e particularmente a de Corvino Messala, antepassado de Messalina, e a corromper o delator Suílio, que ela só havia posto do seu lado lembrando-lhe da deportação em uma ilha.

Ele seduziu-a além disso com sua tez vermelha, sua barba castanho brilhante, grandes gestos de suas mãos pesadas, onde o mindinho esquerdo exibia o anel de ouro, e com seus lábios que ressaltavam como uma língua de reserva.

A imperatriz e todo o bando de seus primeiros amantes, os escravos libertos (exceto Polibo, o lictor, que ela havia feito perecer após uma desavença amorosa): Calisto, que afirmava ter salvo Cláudio do veneno sob Caio, Narciso, Evodo, Palas, descendente dos reis da Arcádia, nobre escravo, intendente de César; e o médico Vécio Valente —, a imperatriz e os libertos colocaram à venda "como donos de cabaré", relatou Dion, o passe de cidadão até para os bretões, e todos os privilégios vendáveis, de maneira que em pouco tempo, mas não mais rápido do que palpitava seu coração, Messalina sentiu inflar a bolsa de pedrarias que ela acolchetava com ostentação sobre seu seio esquerdo.

Enquanto isso Cláudio, ministro inconsciente de seus escravos libertos, ia enviando ao suplício aqueles que, parecia-lhe, usurpavam o título de cidadão, e Messalina e Palas revendiam esse título, assim que vago, a quem oferecesse mais.

Messalina obtinha muito ouro, pois sua experiência distinguia o amante rico, personagem consular e notoriamente íntegro a esse título, que era preciso comprar nobremente por um preço alto.

Ora, Sílio era não somente personagem consular, cheio de honra e de bens, mas, recentemente casado, ostentava um grande amor pela sua jovem mulher Junia.

Em consequência, foram levados em oblação ao novo deus presentes numerosos, e, depois que o ouro foi esgotado em presentes, todas as riquezas sucessivas dos Nero e dos Druso, amontoados no palácio dos Césares, e até o tabuleiro de xadrez de Pompeu, sob o olho bovino de Cláudio, cuja fixidez não via mais, tornada agitação desnorteada pelo tremor, que se acentuava, de seu rosto; os próprios escravos do imperador, entre os quais não havia um que não se chamasse *Christ* ou *Chrest*, a título de certificado de sua excelência; e a única de ouro das estátuas de Mnester.

O dia em que o último tesouro (reserva feita ao leito imperial), que era o painel de pérolas, retrato de Messalina, desceu do Palatino sobre o que restava de ombros de escravas mulheres, então somente aí, atrás da última escrava, a imperatriz ofereceu-se a Caio Sílio.

Sílio achou-a imperial e bela, e sobretudo lembrou-se da morte de Ápio Silano, sogro de Messalina, o qual teve a cabeça cortada por conspiração, pois não era conspirar recusar-se aos desejos da *Augusta*? e da morte por veneno de Vicínio Quartino, cônsul, e de muitas mortes.

Imperial.

E, da mesma maneira que se apaixona por contágio por uma mulher bela que está apaixonada, o eloquente personagem consular, que a Cidade unânime proclamava o mais belo dos romanos, sentiu a paixão da imperatriz, que o rodeava, apertar seus círculos até cingir-lhe as têmporas com uma coroa de imperador.

E por essas razões, e por sua beleza, amou-a.

Messalina viera nua, como se entrega à escolha de um comprador de escravos; e estava coberta, esperando os braços possuidores do Senhor, com o grande casaco que escondia, em suas saídas, a cortesã suburrana ou a caçadora do deus dos Jardins em seus jardins.

O tecido que acariciava seu corpo poderia ser chamado em todos os tempos o casaco de Suburra, pois a peruca de ouro era supérflua para fazê-la cortesã.

E diante de seu atual amante, como aos pés do Fales de quem a rua das prostitutas traçava o rastro do amor, ela mantinha sempre o ar, no coração das dobras de sombra, da própria Noite abrigando seu medroso pássaro.

Para uma tal divindade das trevas, um raio de sol é uma chuva que gela, comparado ao voluptuoso incenso de uma lâmpada que acabou de se apagar em um lupanar.

Ora, não era (um detalhe manifestou-o) a vestimenta da noite do lupanar, mas da tarde do hipódromo do Asiático, que Messalina despia na casa de Sílio!

Mas é lógico e humano que nos enganemos com o exterior das mulheres, e era assim que Cláudio *apostava* absurdamente que ela pertencia somente a ele, nos dias precisos em que ela voltava toda cheirando a célula enfumaçada de Licisca!

Essa noite então, na casa do Asiático, um múrrino pequeno, como caído do ninho, havia enganchado à sua cauda com todas as suas garras um pouco falsas; e como ela nunca havia colocado aquele casaco desde então, somente percebeu a pedra rosa lambuzada de leite muito tempo depois que havia atirado o casaco, o mais macio tapete, sobre as lajes forradas do cubículo de Sílio.

Ela ofereceu-lhe esta última joia — o ouro de seus seios, a boca de seu amante acabava de colher —, e quando o casal veio repousar sobre sua cama, um jovem garoto foi chamado a fim de servir Cécubo espumante na admirável gema para beber.

Então o mais belo dos romanos, de bruços, levantou-se sobre seus dois cotovelos e franziu a sobrancelha na direção da mão de Messalina que lhe estendia a taça. Era uma das taças que a corrida da imperatriz havia arrastado sobre as arquibancadas; e, tão patente quanto a separação dos dedos que a apresentavam, sua fenda chorava, tal a clepsidra das horas do amor.

Soberanamente, do alto da homenagem de todos os tesouros, sem tara até — disse seu olhar maldoso —, a doadora e o mais recente presente, Sílio gritou:

— Você não é ciumenta, Valéria, de me dar todas essas coisas fêmeas?

— Meu sexo é o menor! — respondeu ela, com um gesto.

III

AS NÚPCIAS ADÚLTERAS

Οὐδέ τι οἶδα
Εἴ μοι ἔτ' ἔμπεδόν ἐστι, γύναι, λέχος.
ΟΔΥΣΣΕΙΑΣΨ

A cama dos Césares não havia sido trazida para a casa de Sílio como vieram os móveis e os escravos e o amor de Messalina, não que esta cama estivesse enraizada no solo do palácio à imitação do leito homérico de Ulisses, nem porque é mais natural que um homem ande na direção de uma cama do que a cama na direção do homem; mas porque a cama dos Césares só é tal, no pensamento de Messalina, tendo como baldaquino todo o palácio dos Césares, desde suas fundações, das quais a mais profunda é a de Roma, até seu pico, que é o próprio Cláudio César, escrevendo a história dessa Roma em seu transparente belvedere, sem no entanto discernir ainda, a esse ponto de sua lenta erudição, esta última peripécia.

E houve uma vez uma aurora em que o grande leito nupcial, aos pés maciços de marfim cercados de prata, plaqueado inteiramente com o mesmo virgem metal, à moda de Delos, e coberto com uma púrpura bordada com figuras de águias, curvou silenciosamente sob o peso musculoso e nu de Sílio, cuja barba negra fez mais deslumbrante a seda cândida do lençol e o ombro de Messalina.

O contraste raso e branco de Cláudio tingia outrora, neste mesmo quarto, todas as coisas com a cor dos cabelos grisalhos.

Ora, isso não o entristecia nem um pouco, sendo-lhe um rejuvenescimento, mas sem que ele desejasse ser levado a uma excessiva primeira adolescência.

Quando não tinha cabelos grisalhos, ele não era o amante de Vênus.

Com neve, eles trançaram-lhe a aurora de sua coroa imperial.

Quanto à candura suprema, Cláudio não a olhava de frente, e sua sacudida de cabeça explicava-se sem dúvida pela de um cisne acuado que projeta o pescoço à direita e à esquerda, como não há caçador, porque a vida não foi para ele de fôlego suficientemente longo para o canto da apoteose.

E como Sílio estirava-se nessa cama, e mal se colocava nos braços de Messalina, isso significou-lhe, assim como antes a taça de seu primeiro beijo, com um rancoroso olhar uma tão dolorosa angústia, que ela o perdoou imediatamente e até se arrependeu do erro que adivinhava ter cometido, fosse qual fosse esse erro.

Sílio procurava, tateava precipitadamente com suas duas mãos, sob a vasta nudez de seus ombros, e capturou o objeto — era um bicho que o havia mordido? — de seu horror.

Lívido, anguloso, cristalino, severo, senil, obsceno, nu até o osso:

Um dado.

— Era necessário manter uma escrava — disse Sílio, de pé sobre o tapete — para trocar os lençóis de César.

— Mas eu te dei tudo, Sílio — soluçou Messalina; — Não pensei que você prestaria atenção ne… nessa coisa, eu não pensei que você encontraria essa coisa! Mas deixaram os lençóis de Cláudio tão ingenuamente que, se Cláudio não tivesse esvaziado esta cama à sua entrada com traje heroico… eu teria te amado sobre o corpo de Cláudio.

Com traje heroico, quer dizer completamente nu, com algum pano atrás do ombro esquerdo.

— Mas eu te dei toda a minha vida! Mas eu te amo, Sílio! Mas meu corpo, que você não rejeita… Você quer então também arrancar minha pele, que é de Cláudio? Eu te amo!

— Sim, Valéria, você nos ama a ambos — não estou contando a plebe dos outros —, ambos os dois, *a mim e a César*.

"… Levante-se! você não me deu nada, nenhuma parcela de amor pois me falta uma parcela do seu amor! Ou se você me der tudo, se você se der inteira… Aquele que possui totalmente a mulher de César é… Eu sou César! sou seu marido legítimo, e é talvez por medo de julgar novamente todos os meus avós Césares que eu não castigo, tampouco eu, aquele que me é, desde tantos anos, tão assustadoramente adúltero, em meu próprio palácio, que ele só deixou para mim a minha mulher esta última noite, a primeira… É por isso que eu não posso repudiá-la, eu ainda não gozei de nossas jovens núpcias, pois para mim, até esta noite… (*Sílio chora*) MESSALINA É VIRGEM!"

— Você tem razão, com-ple-ta-men-te, Sílio — disse Messalina.

— Sílio! Claro que sim: Sílio! estou ficando louco — disse Sílio; — Tudo o que eu disse é ridículo, eu usurpei os tesouros dos Césares e roubei a mulher de César, *como todo mundo*, eis tudo. Eu não sou nada, além de Sílio, cônsul designado, simples detalhe, esposo de Junia Silana. Ha ha ha! marido de Augusta! Onde está o contrato de nossas núpcias, imperatriz? o ato legal?

— Você é César completamente, ó César — disse, de joelhos, Messalina.

IV

A IMITAÇÃO DE BACO

Καὶ σύμπασιν ἂν τοῖς χρωμένοις αὐτῇ
κατὰ συμβόλαια συνῴκησεν, εἰ μήπερ εὐθὺς
ἐν τῷ πρώτῳ φωραθεῖσα ἀπώλετο
Τῶν ΔΙΩΝΟΣ Ῥωμαικῶν βιβλίονΞ

Ora, Cláudio partiu um dia para Óstia, na foz do Tibre, onde havia concluído o molhe e o farol, começados por César, e escavado o porto para o trigo da África e as frutas da Espanha, da Gália e do Oriente, a fim de sacrificar ali — uma tempestade bastando para fazer Roma morrer de fome —, no templo de Castor, filho de Tíndaro, que caça os temporais e os piratas.

Oito liburnianos carregavam-no em uma liteira sobre a estrada, doce e curta a cavalo, mas pouco praticável aos carros porque, às vezes estreita entre bosques de figueiras e amoreiras, outras vezes espalhando-se ao longo de pradarias planas, ela não está pavimentada em nenhuma parte.

Erudito em todas as coisas, exceto em seu casamento, no fundo recolhido de sua cadeira coberta, meteu na cabeça ilustrar-se êmulo dos Cadmos, dos Cécropes, dos Linos, dos Palamedes, dos Simônidas, dos Damarates e dos Evandros, e inventou três letras inéditas do alfabeto, o Ⅎ eólico [digama], o)([antissigma], e um inaudito ditongo, que pretendia traduzir a onomatopeia do beijo, esse duplo destino.

Enquanto isso, no mesmo lazer do passo travado humano da liteira octófora, a mulher de César casou-se legalmente com Sílio.

Em Roma, o consentimento dos noivos e daqueles de quem eles dependiam eram suficientes ao casamento. As cerimônias nupciais eram acessórias.

Mas uma mulher passava ao poder *paternal* do marido, sob sua tutela, e tornava-se *sua propriedade* como um objeto da mobília, de três maneiras: *usu, coemptione, farre.*

Pelo *uso*: quando, casada, havendo passado um ano direto na casa do marido, era adquirida por usucapião.

Pela *coempção*: o marido comprava-a, com todas as formalidades de uma mancipação fictícia, como uma coisa.

Pela *confarreação*. E foi esse modo de união que Messalina escolheu, na presença de dez testemunhas, entre as mãos do soberano pontífice e do flâmine de Júpiter, κατὰ τοὺς ἱεροὺς νόμους. E sacrificou-se aos deuses um bolo do trigo chamado *far*.

Durante esse tempo, Cláudio suplicava a Castor, protetor dos trigos, que o *far* nunca faltasse em Roma.

A confarreação era a união indissolúvel, sem divórcio possível. Era uma longa cerimônia que um trovão, presságio nefasto, podia romper, mas Cláudio era atendido por Castor!

Sílio havia se divorciado na véspera de Junia Silana.

Quanto a Messalina, esposa *para toda a vida* de Sílio, ela não abdicou da união com César nem desejou a morte de Cláudio César.

A muitas vezes assassina conservava clemência em seu coração, bastante infinito para a generosidade, a todos os amores passados, e reconhecia na viuvez apenas esta comodidade de calendário, corrompida por Sêneca, de poder datar por diferentes maridos e não por consulados. Pois se uma mulher, que aprende pelo seu sexo, é capaz de se lembrar do nome de seus esposos, ela não é informada sobre todos os seus cônsules; há os que morreram, ou estão longe, ou são eunucos, e eles são todos duplos.

E ela persuadiu-se em tão absoluta sinceridade que o amante do minuto presente era seu legítimo marido que tomou disposições para celebrar da mesma maneira, na ordem de seus futuros amores, mas sem renunciar aos esposos anteriores, uma pluralidade de justas e indissolúveis núpcias.

A impunidade coroou a primeira.

Era o fim do outono. Por conseguinte, para zombar da mesquinha troca de papéis das estações, símbolo da unidade sucessiva de maridos segundo o preconceito, ela não imaginou nada melhor do que inflar mesmo assim a polpa enrugada das uvas mortas, e dar, sobre a face do palácio imperial, um simulacro de vindimas em honra de seu casamento desse dia e de Baco, pupilo de Príapo.

No meio de olmeiros em caixas, arqueados sob os cachos ensacados, e da dança e do canto de escravos disfarçados de Bacantes, sob o gemido, até o sangue, de prensadores e a fervura dos tonéis, o casal nupcial, com roupões de pele de bode e Messalina com cabelos desgrenhados e balançando um tirso, sentiu o incenso do vinho beijar seus coturnos, depois enfumaçar sua cabeça até que tudo virou para eles um passo desordenado de uma roda, como os deuses regozijam-se com o rodopio dos sóis.

E essa giração de homens, mais confusa que o amassar das uvas, era o mundo de todos os antigos amantes da recém-casada, desde Mnester como Pã, vestido com uma pele de lobo, até o prostituto Cesonino, como Baco coroado, imberbe, penteado com um solidéu de hera, e de quem Messalina quisera outrora experimentar o macho...

Todos, exceto seu decano, Narciso, que se absteve por um ciúme tardio e súbito, para quem, por sua natureza de secretário, o ato nupcial só agora parecia real, porque escrito.

Vécio Valente, por um rompante de bêbado, fingiu agradavelmente querer voar para segurar a fuga preciosa e ascendente dos vapores do vinho, aqueles que, sob pretexto de irem coroar os deuses, desnimbavam o rosto dos bebedores; ergueu-se sobre o maior olmo; e com o tom de um astrólogo delimitando sua casa do céu, exclamou:

— Éolo convida-se à nossa vindima: vejo uma furiosa tempestade que se aproxima, vindo de Óstia!

Acima o evoé redobrou, e a hilaridade numerosa do farfalhar de cobre dos pandeiros.

Sabiamente, ele se desviou do céu, e eis o que descobriu do espetáculo terrestre, sobre um palco improvisado de solo nu, onde as últimas folhas mortas das vinhas eram varridas ao vento da dança, assim como haviam batido a superfície dos calcanhares, cuja embriaguez acreditava continuar os gestos de vindima.

Houve um tremor entre as videiras, como um elefante, abrindo passagem no meio de sua probóscide negra, deita à esquerda e à direita suas ervas da Ásia, que são árvores altas; e um negro etíope, nu como breu, saltou na frente, na sequência e na direção de seu gesto de egipã.

Suas mãos estavam ligadas atrás da cabeça, e seus cotovelos pareciam monstruosas orelhas furadas mais do que chifres de bode. E assim ele só tinha o uso livre de um membro, encristado, como o esporão de um galo de briga, do aço de uma espora.

E segundo uma moda, favorita dos negros da Etiópia, um sino de prata encistava-se na extremidade de sua pele, até a surdina; o que não o impediu, aos ouvidos de Messalina, de badalar, quando o fanfarrão galope do campeão deu três vezes a volta na arena, melhor que as sinetas das mulas de todas as atrelagens reunidas que rebocam um carneiro para uma cidade.

Enquanto isso o gladiador branco, encostado em um olmo, diante da púrpura das uvas, com uma palidez de pérola que rasgaria o lóbulo que ela orna, pôs-se em guarda com uma temporização sábia e como própria para uma crucificação.

Ora, porque o branco era bonito e vencedor garantido, Messalina sentiu-se totalmente apaixonada pelo negro.

Também, enquanto o bando de mulheres, até Cesonino, e Sílio e os convidados encorajavam um ou outro antagonista com os evoés de seu cio ou de seu riso, ela apoiou-se, sem uma palavra, à barreira de videiras, que vergou para quase se romper, e, suas peles de cabra manchadas até os tornozelos pelo amor das uvas, atrás do negro que não podia vê-la, seus olhos convergiram sobre o adversário branco os espelhos ardentes de seus desejos.

E porque ela era uma prostituta muito experta e irresistível, e o outro era apenas um macho, o olhar de Messalina não foi a imediata riposta de um olhar, mas de uma possessão, e o presente cândido de toda uma alma que o cruzou!

Tendo apenas um desarmado para combater, e porque o sangue alegra os manes, foi permitido ao negro vencedor que o matasse.

Mas Messalina requereu o gládio de um carrasco profissional, a fim de que a execução fosse feita rapidamente.

— Ela tem pressa — pensou Sílio — a festa terminada, de nosso leito nupcial.

Mas depois que o homem foi morto:

— Mata! — repetiu a imperatriz.

— Baco te cegue — disseram todos, mostrando a prova ainda jacente da ordem executada, e a poça de um outro sangue que não o dos prensadores.

— Mata! — disse Messalina, sem dar mais nenhuma atenção a Sílio e dirigindo-se ao negro mais langorosamente que as mulheres de Tibério implorariam a carícia de sua unha envenenada; imediatamente! — Ó, mata-me — sugeriu ela.

O bruto negro, que continuava pronto, como um estupor fica aturdido, punha-se no dever de desprender a espora cortante.

— É um bom negro, e que sabe viver — tentou rir Sílio, para deixar um pouco as testemunhas de seu casamento esquecer que ele era o marido, e meditando na destituição de Tício Próculo, oficial a quem ele havia confiado a vigilância de sua mulher, ou mais precisamente o emprego de *camareiro do coração* de Messalina.

— Não, seria muito demorado — suspirava Messalina; — Só tu serias mais, tu serias demais, ó meu único amante!

V

O PESCADOR DE TAINHAS

Λαίμαργος δὲ μάλιστα τῶν ἰχθύων ὁ κεστρεύς
ἐστι καὶ ἄπληστος — ὅταν δὲ φοβηθῇ, κρύπτει
τὴν κεφαλὴν, ὡς ὅλον τὸ σῶμα κρύπτων.
ΑΡΙΣΤΟΤΕΛΟΥΣ Περὶ τὰ ζῷα ἱστορίων Η, β.

Isso se passava em Nîmes, no dia em que, em Roma, a cidade dos adultérios desde o exemplo da imperatriz, esta, atrás de sua última escrava, foi para a casa de Caio Sílio.

Sobre a praia que o Mediterrâneo possuía ainda, o médico Vécio Valente, sob a sombra larga de um chapéu tessálico tal os que portam os espectadores dos teatros e os pescadores do mar, interessava-se por um cesto de peixe.

Costas cinza de chumbo luziam, tão espessas que faziam os animais quase cilíndricos; ventres dormiam tão foscos que cada forma parecia um côvado de defesa de marfim, couraçado parcialmente com metal e rajado nos flancos com sete nigelos cinza.

As cabeças, na ponta de um colarinho de quatro fortes espinhos e guelras em farpas, eram prodígios; inclinadas, penteadas com escamas poligonais; os olhos meio cobertos pelo duplo toldo de pincenês de gordura; a boca pesadamente beiçuda, triangular e que se fechava como se inculca um canto — Vécio abriu uma com a unha, e foi esse lábio irrequieto que olhou-o no lugar dos olhos mortos: pois os dentes tênues piscavam exatamente como cílios.

O pescador começou a valorizar sua mercadoria, segundo suas variações: as tainhas *céfalo*, *dourada*, *saltadora*, a pequenininha tainha *labeo*; e como o médico absorvia-se em seu exame sem chegar a um gesto de comprador:

— Só estou esperando minhas tainhas oceânicas —, ele disse; — Mas eis aqui precisamente os barcos que voltam, vocês irão assistir ao fim da pesca do *chelo* e do *ramodo*.

Um pequeno barco, um celoce, apareceu sozinho, à vela e a remo, acelerando em direção ao ponto onde estavam os interlocutores, o fundo da baía onde se abria, comunicando com o mar, a grande lagoa salgada *Latera*.

— Eles puxam uma tainha macho pela boca e pelas guelras com uma linha há dias desde o Atlântico — explicou o homem; — E o cardume das fêmeas segue-o cegamente, pois a tainha é salaz e estúpida!

— A natureza ri das tainhas — disse Vécio —, pois elas enterram a cabeça até às barbatanas deitadas de seu ventre, e acreditam estar em segurança.

— O senhor é pescador? — espanta-se o pescador.

Vécio olhava para o mar.

Os barcos estavam todos à vista, mas sem ordem e sem que parecessem tentar se organizar em crescente nem manobrar redes através da baía.

E mais brancas que as velas, as cristas das ondas precediam-lhes em agitação.

Pois uma vanguarda de golfinhos, visível à flor da água, desviava do cardume dos chelos com a disciplina de uma alcateia.

— A tainha foge diante dos golfinhos, enquanto ela saltaria facilmente por sobre um navio — ensinava o pescador.

E uma grande multidão de homens e mulheres, que havia invadido a praia e as bordas da entrada estreita da lagoa, capturava, por meio de tridentes e de redes de mão, o cardume inteiro encalhado na água baixa, sem inquietar até à fuga as brincadeiras ondulosas dos golfinhos.

— Eles esperam sua cabeça de peixe hoje — disse o pescador — e permanecerão a noite inteira e amanhã ainda, até seu salário habitual de pão molhado no vinho.

Então ele voltou a seus novos cestos inundados, e retomou:

— Tudo isso é delicioso de comer, pois, assim como o ângulo agudo de sua boca só lhes permite alimentarem-se de animais moles, sua garganta em forma de filtro só deixa chegar a seus estômagos substâncias desfeitas.

— Você poderia acrescentar, amigo, que a cocção no estômago é infinitamente sutil, pois termina como moela de pássaro.

— Você vai comprar, enfim, ou você é pescador? — resmungou o homem das tainhas.

— Eu pesco, sim, mas diferente de você, sem depender de cães marinhos, e onde tem mais peixe. Eu extraio, em Roma — disse o médico, assegurando seu chapéu tessálico — as tainhas do suplício legal dos fundamentos das adúlteras.

VI

POR INTERMÉDIO DAS CORTESÃS

Προανῃρήκει δὲ τὴν γυναῖκα Μεσσαλίναν διὰ ζηλοτυπίαν.

ΦΛ. ΙΟΣΗΦΟΥ, Ἰουδ. Ἀρχ. βιβλ. Κ, κεφ. Ζ

Ora, Cláudio, instruído de tudo em Óstia pelos cuidados de Narciso e pela boca de suas concubinas favoritas Calpúrnia e Cleópatra, perguntava com perturbação quem entre ele e Sílio era o César ou o cidadão comum.

Essa perplexidade demente deixava pouco espaço a um sentimento quase desconhecido, parece, dos romanos desses tempos e sobretudo de Cláudio, o ciúme, o ódio da cornudez, ainda que Flávio José escreva que ele mandou executar Messalina por ciúme.

— Você quer rir, minha pequena Cleópatra — balbuciava ele. — Não zombe de mim, sou um pobre homem em uma taverna. Você quer me fazer acreditar que não sou mais César! Mas não se toma assim de César seu palácio e seus tesouros e sua autoridade e Vênus! Eu tenho toda a minha razão, Calpúrnia, sou bem sensato, você tenta ainda me colocar seus pequenos sapatos cheios de lama na mão (há pessoas na minha casa que não me olham como seu senhor!), mas você está perdendo seu tempo, eu não durmo. Eu não tenho os olhos deslumbrados! Eu nunca fui César! É uma suposição absurda demais!

Ele teve um sobressalto.

— As tochas! O sangue! Amigo soldado, aqui estão as moedas, muitas moedas de ouro. Você tem bons ombros, soldado, empurre a roda, empurre! *Io triumphe! Fors Fortuna!*

— César — começou Narciso, que tinha chegado.

— Ha ha! César — disse Cláudio; — Será, Narciso, que *não sou eu*?

— Mas não — concordou o seu íntimo. — César é César na casa da Fortuna. Ela está aqui, seu carro atrelado, pronta para rodar.

— Ela está aqui... *Vênus*? — tremeu Cláudio com todos os membros.

— Ela está te esperando... *Fors-Fortuna*, César.

E na mesma cadeira que o havia levado a Óstia, entre Vitélio e Largo Cécina, sob os olhos de Narciso, Cláudio César retomou a estrada arenosa de Roma.

Enquanto isso *Vênus*, como um lixo dos jardins, na carroça dos excrementos, não podendo requerer outro veículo — e no entanto, sendo *Augusta*, tanto quanto Lívia deusa ela tinha direito à carruagem! —, avançava sem medo ao encontro de César, sabendo que, para fechar os olhos imperiais em plena carroça de suas sujeiras, era-lhe suficiente abrir o leque voluptuoso das suas.

E como o soldado *imaginário*, ou toda criatura que carrega uma imagem do príncipe é inviolável, tomou com ela seus filhos Otávia e Britânico, os quais, fosse ele ou não seu pai, pareciam-se com Cláudio.

Enfim, ela fez-se preceder, com o mesmo cinismo com que teria depilado suas noites prostituídas com a lâmpada sagrada das virgens, por Vibídia, a mais antiga vestal.

— Ó crime! — alternavam metodicamente Cécina e Vitélio em cada vasta orelha de Cláudio, como para ritmar o ai dos carregadores.

Narciso, meio deitado diante do imperador, mais hábil, falou ao fundo mesmo de sua alma, ocupando-a com um memorando, o qual relatava todo o passado de Messalina.

— Um memorando? — disse Cláudio, que, avidamente, remexeu em suas papeladas.

Última descendente da nobre família dos Messala e de séculos de integridade e de oradores de tribuna, filha de Messala, o Barbudo, e de Domícia Lépida, a Doce Domadora, Messalina, que Cláudio a tenha desposado maculada ou não, e que Lépida tenha lhe dado o exemplo de libertinagens ou de uma vida de virtuosa matrona, havia refreado sua infâmia até quando pôde com certeza elevá-la ao cume do império.

Desde então, assassinatos sobre assassinatos:

Júlia, sobrinha de Cláudio.

Júlia, irmã de Cláudio.

Ápio Silano, segundo marido de Lépida, mãe de Messalina, e que sua filha fez viúva.

O filho de Ápio, genro desejado de Cláudio.

O genro de Cláudio, Pompeu, o Grande, e seu pai, e sua mãe.

Calisto, companheiro de estudos e escravo liberto de Cláudio.

Vicínio Quartino.

Peto e Arria, célebres. —

Cláudio, farto de assassinatos, começou a se distrair com o desencadeamento dos exílios:

Sêneca…

Do fundo sangrento do cozido dessas imundícies, ele não levantou a cabeça para a pestilência mais insípida da carroça.

VII

NA ATROPOS DA CASA DE LÚCULO

Et vincula, et carcerem, et tormenta, et supplicia [*miles*] *administrabit, nec suarum erit ultor injuriarum? Jam stationes aliis Magis faciet quam Christo?*
Q. Sept. Flor. Tertulliani, *De Corona*

Foi a matrona viúva que teve pena, certa agora de que a criança culpada seria punida, e que veio embalar a infeliz, refugiada atrás das portas de ferro de seus jardins, em vão opostas ao ferro previsto dos soldados.

Quanto aos cúmplices, as ordens automáticas do imperador executaram-nos sem interesse. Antiquário apaixonado por velhos hábitos, Cláudio havia dito somente:

— Castigai *à maneira dos ancestrais.*

Como todo costume arcaico do Lácio era sanguinário, essa ordem significava: castigai com a morte. As mortes tradicionais enumeravam-se: ou bater com varas até a morte; ou bater com varas e chegar ao resultado cortando a cabeça; ou precipitar da rocha Tarpeia, apesar de que esse suplício fosse mais especialmente reservado aos parricidas; mas o imperador não era um pai, e, no direito romano, o esposo de Messalina não era seu pai? Podia-se assim estrangular no Tuliano ou na Força.

Sílio reivindicou o cepo como era conveniente, com heroicas bravatas; Vécio Valente foi tagarela, e Mnester cobriu-se, como de um casaco de frouxas súplicas, com a ostentação das cicatrizes de varas infligidas anteriormente, do fundo da gruta de Diana persa, por César.

— Isso não tem nenhuma importância —, disse Cláudio; — Mandei cortar a cabeça de um cônsul designado e de inúmeros nobres personagens para excetuar de sua sorte um histrião!

"E depois ele se chama ΜΝΗΣΤΗΡ, o Galante; e seu nome me dará o título, recuperado de Homero, de meu capítulo sobre sua morte na minha história de Roma: Μνηστηροφονία, o Massacre dos Galantes de... Penélope, o qual é o argumento do canto vinte e dois da *Odisseia*. Que ele não se furte à execução: roubaria meu título."

Ora, eis o que se passava não longe da gruta de Diana:

— Garotinha, garotinha... ela foi uma garotinha muito comportada! Diz, mamãe, você me dará a pequena lâmpada de prata para brincar de vestal?

É Messalina que fala. Acabaram de arrombar as portas do jardim. Seu terror mortal e súbito, através dos joelhos de Domícia Lépida, antecipa o delírio de sua agonia.

— Bem comportada! Ela não quebrará mais o *futile* brincando de pião com ele!

O *futile* era o vaso sagrado que servia para regar o templo de Vesta, e cujo fundo, para que se forçasse nunca deixar reter água dentro, era cônico como o de uma garrafa de soda.

— Dê a lâmpada da pequena vestal!

E ali está, segurando uma tocha, precedido por um centurião com uniforme de guarda e menos fatal e inflexível com suas armas do que com seu mutismo militar, o liberto Evodo, que inunda o gramado com toda a luz crua de seus xingamentos de escravo.

Lépida recoloca seu véu de viúva sobre a cabeça.

— Cadela, loba, puta! — grita o escravo liberto, e ele só interromperá, até cumprida sua missão, de vociferar injúrias pela urgência de ordens ao soldado.

— Um soldado! — cicia Messalina; — Há um soldado. Alguém me acariciou com palavras de soldado! Mamãe, deixe-me ir com os belos soldados!

Diz?...

Ela tateia o rosto que se faz taciturno com toda sua máscara de burel branco.

— ... O véu! Veja, o deus Augusto usa véu!

Alegre:

— Bom, bom! o grande gladiador vai decapitar o pequeno! Levante-me nos seus braços, mamãe, que os meninos com bolas de ouro me admirem a juntar meus polegares!

O liberto impacienta-se.

— Inútil fazer a louca, ó a mais abjeta das adúlteras! Comediante, você não está no Circo! Seu cornudo de César decidiu fazer justiça, enfim, e você não vai se salvar! Tribuno de guarda, avance.

O tribuno, com suas condecorações e medalhas marulhando sobre o peito, avança entre os olhos de Messalina.

Eram com frequência os centuriões e os soldados os encarregados das execuções. Tertuliano, descrevendo os ofícios diversos do soldado, exclama:

"O quê! ele administrará os ferros, e a prisão, e as torturas, e os suplícios, e ele não vingará suas próprias injúrias? E a guarda, ela montará a guarda mais para os outros que para o Cristo?"

— Querido — disse Messalina — olha-o com desdém de cima a baixo, sempre estendida sobre os joelhos de sua mãe de véu —, eu te amo. Eu estava tão apressada para amá-lo que não perdi nosso tempo a me virar para o seu rosto. Agora, estou contente em saber que você é soldado. Você é bonito, parece um saco de pele de bode, com sua casaca de couro! Cheira bem. Eu sou bonita também, não sou? O leno disse que eu sou a mais bonita. Os homens chamam-me Licisca.

— Silêncio, imundície! — clama o liberto; — Sua boca contamina até o nome das prostitutas do subúrbio.

Ela mete um dedo na boca, pensativa e muda.

— Mamãe, já que você proíbe sua menininha de ir caminhar em Suburra — o nunuco Haloto disse no entanto que é muito bonito, há uma grande cuba onde fazem xixi os homens —, me empresta seu bracelete com o pequeno tifalo pra eu brincar.

A matrona levanta-se bruscamente e impõe à mão de sua filha, sem romper seu doloroso silêncio, um punhal, sobre o qual suas unhas estavam crispadas desde antes da entrada dos executores.

A realidade do metal lembra-lhe ela mesma e ressuscita por inteiro a imperatriz.

— Eu estava sonhando! eu estava louca! Sim, morrer, lavar todas as minhas vergonhas... Mas, estúpida criadinha, esse banho está frio demais, você merece que eu te pique com o alfinete de ouro. Onde estou? Nos jardins?

Ela cai de joelhos.

— Fales! Ele foi embora! levantou voo. Pequeno, pequeno... Eu nunca o alcançarei! — Cotito, você será recompensada por ter encontrado minha joia. Meu pequeno broche de coral e de cornalina, minha *stola* emperiquitada não ficava bem sem ela. Ó meu passarinho de volta ao ninho! múrrino bonito, copinho de espuma, Sili!

— Chega de história — rosnou Evodo. — Penso que a essa hora seu amante está vomitando seus crimes com seu sangue. Se fosse permitido à sua boca beber sua alma, você precisaria, de medo que ela fugisse para outro lugar, fechar com os dedos todas as suas feridas, ó mais vil que as atrizes de rua e as tocadoras de flauta!

— Oh, não lhe faça mal, a Sílio. A melodia dos meus beijos será a mesma, sem lhe fazer mal, com sete amantes. Ó Pã! ó Siringe!

Ela acaricia levemente a garganta com o estilete.

— Ela divaga cada vez mais. De joelhos, rameira! Tribuno, puxe seu gládio!

E lentamente, o soldado começa a trazer à luz do dia as primeiras polegadas da pesada lâmina.

Messalina, com a cintilação, deixa cair seu punhal e bate com as mãos.

— Sim, o do soldado! o do soldado! Claudinho, meu amado, deixa, que seja eu que te dispa! Você é bonito porque você é velho, velho, e careca, tão careca que não se pode mais nu! nem mais feio, ó meu amante! Onde a feiura do homem, a seu paroxismo, renuncia, somente aí começa a beleza da flor! Vem, lis dos jardins! vem, meu imperador!

Ela pegou o longo gládio de decapitar por tudo que é visível de aço brilhante e puxa-o até o seu completo esplendor.

O liberto, agora, hesita.

— Pare, tribuno. Talvez ela vá se matar sozinha. O secretário disse que valeria mais fazê-la se matar.

O tribuno deixa seu braço morto, mas sem abandonar a espada, o único dedo útil, quer dizer o infame, do punho militar.

— Ó, como você está com frio! — disse ela. — Não toque imediatamente o coração de Messalina, o tempo aqui está tão agradável que você se queimaria ao sair de tal frio. E depois, você não me amaria se eu não fosse um pouco coquete! Eu quero te recusar ainda um tempinho não sentir mais frio. Deixe meus beijos te esquentarem suavemente.

Ela apoia o ferro sobre a face, e diriam que ela dorme sobre seu espelho.

— Mulher — disse o liberto a Lépida —, sua filha sabe o que está dizendo?

Lépida baixa o véu e olha, com olho de Juno.

Messalina febrilmente rasgou a capa leve do alto de seu vestido, e seu seio está nu como uma lâmina.

— Vagabunda! — disse Evodo.

— O que você me está me dizendo, meu grande espelho? *Por que é que estou me mirando completamente nua?*

Sorrindo ao gládio, que brilha como escorrem os peixes com os flancos incrustados, e que espera que seu mestre o mergulhe:

— E você, por acaso você se banha vestido?

O grande gesto desajeitado do tribuno procura desembainhar sua arma.

— Oh, não se vá! — disse Messalina. — Me abraça. Não tão forte! não me rejeite com seus braços. Deixe-me levantar até sua boca.

Ela se ergue até o tribuno.

— Ó, como você é deus, Fales! Fales, eu não sabia nada do Amor; eu conhecia todos os homens, mas você é o primeiro Imortal que eu amo! Fales, enfim, tarde! Eu sabia que você estava no jardim; maldoso, que só havia me enviado um histrião, com sua máscara! Sua máscara tão pesada! Mas agora, é você. Bom dia! Você bem se fez esperar, Senhor. Vamos para nossa casa. Minha mãe, ela não olha. Ela faz bem. É apenas a viúva de uma barba muito grande. Ela não compreenderia. É você mesmo. Eu não havia sonhado, ou será que estou sonhando agora?

Evodo, estupidamente:

— Ela está sonhando, a menos que esteja zombando.

Messalina, em êxtase, ao gládio:

— Bom dia.

E o monstro de aço responde ao beijo com uma mordida, acima de sua garganta, que preludia a pegá-la inteira.

— Leve-me, Fales! A apoteose! Quero-a imediatamente, antes de ficar velha! Ou faça-me envelhecer neste instante, até a divindade. Leve-me para nossa casa, ao mais alto céu! o mais alto! o primeiro! você é o primeiro, ó Imortal! você está vendo bem que sou virgem! Dê, dê sua lâmpada para brincar de vestalzinha! Tão virgem! Tão tarde! Felicidade, ó, como você me machuca! Mate-me, Felicidade! A morte! Dê... a pequena lâmpada da morte. Estou morrendo... eu sabia bem que só se podia morrer de amor! Eu o tenho... mamãe!

O homem do gládio separa Messalina de seu corpo como se fosse uma víbora.

Ela estende as mãos tateantes para Lépida, que, sem pressa, despe-se. A matrona recolocou o véu e se afasta de costas.

— Mas é um gládio, carniça, baba o liberto, não é...

Ora, é ele que explode em lágrimas e prostra-se como sob o sopro de um deus; e suas mordidas vão se esconder entre as flores, cujo perfume aguça-se com seu grito:

— Mas eu a amo! Amo!

E de debaixo das flores ele ofega rumo à esperança de um rosto de mulher. Nenhum. A viúva se vai grave e impiedosa. Ela é tão viúva e tão pura e tão impiedosa que há muito tempo que ela não está mais lá. E o que levanta e anima com uma cabeça seu capuz imaculado, só pode ser a Obscenidade Divina que se retira rumo aos segredos de seu jardim. Só há um deus ou um fantasma que saiba fazer dobras tão retas. E uma mulher verdadeira teria chorado antes do escravo, e suas lágrimas a desvelariam sob a trama que elas teriam molhado!

O deus foi embora.

Só estão em seus jardins o tribuno e Messalina; e a mulher, à medida que o ferro retrai-se dela, abisma-se rumo ao nada das flores.

O tribuno retirou todo o seu gládio; depois de um tempo, ele conclui:

— Puta!

VIII

APOKOLOKYNTOSE

Inter cetera in eo mirati sunt homines et oblivionem et inconsideriantiam, vel, ut graece dicam, μετεωρίαν et ἀβλεψίαν. Occisa Messallina, paulo post, quam in triclinio decubuit, "Cur domina non veniret", requisivit.
C. Suetonii Tranquilli, *Tib. Claud.*, XXXIX

— Messalina morreu — disse Narciso.

Cláudio comia, meio adormecido, sobre sua cama de mesa.

— Ela é bonita, ela é apaixonada, ela está morta, ela é Vênus — repetiu ele com uma voz átona. — Vá dizer-lhe que venha para a mesa. Ela é bonita, eu a amo, eu sou feliz.

— Ela está morta — disse Narciso.

— Morta, eu compreendo. Ela me é muito fiel. Eu não a beijei esta manhã. Vá dizer-lhe que venha, é tarde.

— Nós adiantamos a hora de sua refeição, César.

— Adiantamos a hora? Tivemos razão! É preciso sempre me adiantar a hora. É por isso que estou alegre, e por saber que ela não está atrasada. Ela não está doente, eu sei. Estou muito contente. Vá chamá-la.

Narciso toca o ombro de Cláudio e joga sobre sua cama uma túnica de baixo manchada de vermelho.

— Ela está morta, enfim, está entendendo?

À vista do sangue, as largas narinas do imperador palpitaram.

— A lua? Eu havia esquecido, desculpe-me, Narciso: meu espírito está ficando um pouco... meteórico e abléptico! Logo serei mais ignorante do que se passa nos planetas que os povos de Taprobana, que só descobrem a lua acima da terra na segunda semana de cada mês! Você é um bom calendário, Narciso. Eu entendi. Mas quero que minha mulher faça-me companhia a esta mesa assim mesmo. Estou com uma fome cheia de felicidade.

— César?

— Ela está morta, eu sei. As mulheres brincam de assassinadas a cada nova lua.

— Você não tem mais mulher, César! Você não especificou, ontem, quando disse para massacrar todo mundo, até o histrião sem importância, que não era para matá-la. Apunhalaram-na e ela não está mais aqui, e o Senado acaba de mandar tirar seu nome e suas imagens dos lugares públicos e privados e de seu palácio agora há pouco e desta sala, César.

— Então... Vênus... não está mais aqui?

E com um gesto maníaco, precipita sobre a travessa de prata sonora que cobre todo o pedestal no sentido de cima para baixo sua taça vazia, e escuta ecoar o silêncio.

....

Ele escuta, com toda a angústia de uma Danaide inclinada sobre seu tormento. E sem transição explode num riso inextinguível, e com os olhos que se iluminam com uma esperança divina, ele estende sua mesma taça ao copeiro:

— Bebida!

E assim Cláudio César, reclinado sobre sua cama insaciável de amor e de festins, pálido, a bochecha cerúlea pela recente assiduidade de seu barbeiro, protótipo de Barba-Azul a menos gerações de distância que o cinocéfalo de nádegas escarlates seria o avô de nossas glórias guerreiras, meditava sobre sua quarta mulher:

Agripina.

FIM

MADRIGAL

(1903)

MESSALINA

Minha filha — minha, pois és de todos,
Pois nenhum deles foi mestre que valesse a pena,
Durma enfim, e fechemos a janela:
A vida acabou e nós estamos em casa.

É um pouco alto, o mundo aqui termina
E o absoluto não se pode mais negar:
Ele é tão grande para por último chegar,
Já que esse dia aborreceu Messalina.

Eis-te aqui só e com olhos e orelhas.
Cair geralmente desaprende a descer.
O barulho terrestre está longe, como a cinza
Permanece desconhecida ao incenso azul dos deuses.

Tal o marulhar das carpas alimentadas
    Em Fontainebleau
    com vozes machucadas
    De beijos na água.

Como se uniu a dupla destinada?
Tanto que eu nem peguei teu passeio
Eras virgem e nem eras nascida,
Como um passado se afoga num espelho.

A lama com dificuldade beijou o coturno
De teu pé infinitesimal,
E é por ter mordido em todo o mal
Que te fez uma boca tão pura.

OUTROS TÍTULOS DESTA COLEÇÃO

As onze mil varas
Apollinaire

Três filhas da mãe
Pierre Loüis

História de uma menininha
Laure

Sarrasine
Honoré de Balzac

Este livro foi composto em Garamond, pela *Iluminuras* e foi impresso nas oficinas da *Meta Brasil Gráfica*, em Cotia, SP, em papel off-white 80g.